普通生活

《深圳文典》

倾心辑录大浪淘沙始见金的珠贝美文

展示彰显深圳城市精神和品格的大我之作

筹谋时代精神和明日华章的深圳表达

深圳文典

丛书主编／陈寅

普通生活

蔡东／著

深圳报业集团出版社

总序

历史是最好的教科书，也是最佳的营养剂。

1979年7月8日，蛇口半岛开山炮响。一时间，深圳上空电闪雷鸣，密集地从天边杂沓而至。南海潮急，伶仃洋惊涛拍岸……仿佛它们要为这片沧桑且沉默的土地，强注生命活力和奔腾乐章。

“时间就是金钱，效率就是生命。”一种前所未有的标语，在数千年板结的土地炸响。观念革新不约而同成为此间人们最重要的精神呼唤与灵魂内核。

“二千里往回似梦，四十年今昔如浮。”[1]为了探索和开辟前无古人的经济特区，丰富自己的物质和精神生活，各个时期的深圳人都作过许多贡献，留下了不可磨灭的印记。多年以后，当我们目睹以万亿为计量单位的经济生成，一个边陲小镇嬗变为对标纽约、东京、巴黎、伦敦

1. “二千里往回似梦，四十年今昔如浮”出自宋代诗人范成大《送举老归庐山》，感慨时光流逝。

的中国一线都市，我们，究竟能感悟到怎样的城市能量与文化实践？

荡漾于南中国海的深圳湾，恣肆汪洋接纳了东西南北风，因为它们，最有欢欣雀跃的心灵。从特区建立伊始，四面八方的移民为这座年轻的城市带来了丰富的、充满活力的文化因子，各种文化观念在这里交互激荡。深圳经济特区所沉淀的物质和精神财富，正是每一程歇息中、每一眼回眸里、每一步征途上的巨量矿藏。

2021年，时逢中国共产党百年华诞，深圳报业集团出版社秉承主流出版机构的担当，呼应新时代的要求，踵事增华、盛意拳拳，推出“深圳文典”丛书。一曰顾盼历史，倾心辑录大浪淘沙始见金的珠贝美文；再曰铺叙当下，展示彰显深圳城市精神和品格的大我之作；三曰式瞻未来，筹谋时代精神和明日华章的深圳表达。

顾盼历史，初心如磐。深圳本土文化人和第一代移民是深圳精神的拓荒者。穷心南方以南，倾力扎根深圳，他们用精彩文字记录了经济特区艰难而雄放的创业初程。打工体验、移民历程、青春奋斗、城市生活、网络联结……凡此种种，无不缘起于比虚构更精彩的城市故事，并于多样中存在，在流动中发展，从融合中前进。蓦然回首，这片深情的土地仍然激荡着后辈心扉的筚路蓝缕之跫音。

铺叙当下，弹指芳华。编撰“深圳文典”的我们认为，人的认知是一个互相联系又互相影响的总体。知识的掌握与认知的扩充、深化，会带来社会与文明的进步。“深圳文典”将是文艺的、人文的、社科的典籍荟萃。藉此大数据时代，这套文典也将提供值得借鉴的宏观叙事方式，避免信息碎片化，重视思想与实践的关系，构建有关深圳叙事的发见和创新话语。在新世纪里，精神求索者都有一个梦想，让思想本身充满创造力、创新力。

式瞻未来，文脉不绝。根本在于一代代深圳人以典籍为媒，薪火相传；以迭代赓续的波澜壮阔的大特区为坐标，纲举目张，分则独树一帜，集则琳琅满目。与中国改革开放同频共振的深圳写作者致力于弘扬“敢为天下先”的社会与文学观念，张扬“该做就去做”的新的人文精神。

“蓬莱文章建安骨，中间小谢又清发。”[2]“深圳文典”，萌之于特区热土，立之于湾区潮头，为深圳这座年轻城市打上了无限文化魅力和巨大文化能量的烙印。深圳的文化担当意识与文化创新实践，不啻是一城一地的文化探索，更是文化强省、文化强国的深圳实践。

总有一些文字记录并抒写着时代奋进的人们，以及每个个体的理智与情感温度。深邃、灵动、悲欣、凉热……藉此打开的不仅是我们的触

2. “蓬莱文章建安骨，中间小谢又清发”出自唐代诗人李白《宣州谢朓楼饯别校书叔云》，表达了豪放与自然和谐统一的境界。

感，还有我们的灵魂之窗。优秀的典籍，既是文明时代的共享记忆，也是我们与历史的精神烛照。

我们对以“深圳文典”为名记录这个既拥抱当下、又承载希望的时代怀着深深的敬意与礼赞。不管多少年以后，当我们安居此城一隅，每当我们翻阅“深圳文典”，谈论或者温习一代又一代深圳人闯与创的心路旅程，这些被时光镌刻的篇章，或许能脉动着超越城市天际线的眼界，并引人回味。

陈寅

2021年8月26日

目录
CONTENTS

照夜白

有些气味，只有下雨的时候闻得到。跟阳光晒出来的气味不同，晒出来的气味蓬松温热，就像夏日傍晚时分的树林，弥漫着的是暖烘烘的木香。雨天里的气味不那么热烈，却更悠长些，从一道道细缝中婉转地泄漏出来，若有若无地浮动在空气里，久久不散。

一间小教室，白墙，黑板，日光灯，十几排桌椅。窗外，雨一遍遍洗着植物，叶子内部浓绿的汁液似要挣破薄薄的表皮，随雨水四下流淌。

同事们按顺序走上讲台，打开自己的课件，微笑，演示，讲解，做手势。谢梦锦抬头望着讲台，笔拿在手里，本子摊开着，都是做做样子。她正秘密跟踪那股气味，玄远飘忽的气味，像禅机和隐喻。她先是听见，听见衬衣的布料在呼吸，一呼一吸间，气味被带了出来。接着她辨认出，气味并无内核与主干，是麝香、柑橘、茉莉和檀香木的混合香气，香气从她上衣的纹理中迂缓地散发出来，停一停，往更远的地方飘散。这味道属于白色衣物洗衣液，洗衣液还剩小半瓶，在搁架的最右边。同样的瓶子，搁架上放了一长排，细看起来标签并不一样，牛仔布洗衣液，羊绒洗涤剂，深色衣物洗涤剂，丝织品洗衣液，运动衣物洗涤剂……

散会的时候，赵燕朵走到教室后排跟她打招呼。看见最亲近的同事走过来，她一时忘了。“燕朵。”发出声音的一刹那，惊觉不妙，“朵”这个音在卷起的舌头上愣了一下，勉强趔趄到嘴边，本该沿着噘起的舌尖滑行而出的音节，僵直了，破碎了，碎片落满一地。汗一下冒出来，凉意顺着脊背往下走。她低头收拾桌上的笔、本子和水杯，使劲儿往包里塞。

应该没人听见吧。一个完全走了样的舌尖音、合口呼，像随身听电量快耗尽时发出的声音，扁扁的，扭拧，怪异。

“多喝水，少说话。”燕朵说。

她点点头，指着喉咙，皱着眉，向燕朵示意，表示自己无法发出声音。

燕朵挽起她的胳膊下楼。外头雨还没停，树下薄薄一层落叶，刚被风雨吹落下来，颜色还翠绿翠绿的。撑起一把伞，两人沿着青色花砖铺就的人行路往车棚走。这条路不知走过多少遍了，两株桃树、三棵缅栀子，接着一排石榴，就到了路的尽头。

才是中午，雨云在半空中一层叠着一层，天色昏暗得像暮晚。走过桃树和缅栀子，眼前忽地明亮了起来。石榴花开了，刚开的第一茬，本来就热闹的大红色，经了雨水，更加明艳。她俩停住，立在伞下，静静地看着跟前这株石榴。

石榴花上落满雨珠，雨珠像被花瓣吸住一样，一动不动。

她们听见彼此的呼吸声。

“这一排都是花石榴，不结果实的，就算偶尔结几个果也没法吃。”燕朵说。她手指拂过石榴花，雨珠簌簌掉下来。

“在我老家不叫花石榴，叫‘看石榴’。不结果也没什么，结果子不是很重要的事，反而，只有看石榴才能把花开得这样动人。”

按照今天的设置，她不能发出声音，这番话只是在心里默默说了一遍。她想起家里的柜子抽屉，放满杯壶碗碟，几年也用不上一回的，就是为了看看，看着喜欢。她从小喜欢的，好像都是些中看不中用的东西。

她打开车门坐到驾驶位上，燕朵的车先开出来了，燕朵摇下车窗对她说：“小谢，我倒宁愿嗓子发炎的人是我，就不用上那个台了。”

话语涌上来，真正想说的话一波一波地上涌，在喉头凝结，哽住了。她多想跟燕朵说说话。很快她听见燕朵又一次嘱咐她多喝水，她赶紧点点头，怕燕朵隔着玻璃看不见，干脆打开车门，一只脚着地，侧着身子伸出头去，让燕朵看见她点头的样子。燕朵挥挥手，开车走了。

“燕朵，六年了，头一回我没上去讲，那些话，我是一句也不想说了。”她坐在车里自言自语，把想跟燕朵说的话说了一遍。提眉毛，放松下巴，口腔打开，头腔也打开，她像在播报重要信息，每个字的声母和韵母都交代得很清楚，没有一个含混不清被吞下去的音，平上去入，也都到位了。回家的路上，这些完满的音节还停驻在车厢里，叮叮当当，或站或坐，陪了她一路。

每次把一批东西清出去，她就感觉生活堵住的地方又畅通了。定期理一理，算是个好习惯吧。隔一阵子，把衣橱、书柜、冰箱、储物架整理一遍，就算没扔东西，细细梳爬一番，排放收拾好，心里便清爽多了。

搁架上放着一排洗衣液，她当然知道一个人不需要也用不完这么多洗涤用品。她只是没法抗拒“认真”二字。第一次走进这家洗护用品店，她见到了创始人在洗衣服这件小事上的痴心，世上就是有这样认真的人，把每根纤维都当回事儿，努力不让白衣服变黄，不让羊毛的天然油脂随污渍一起被洗掉。看多了糊弄和粗制滥造，没法儿不珍惜眼前所见，也知道眼前一切绝非必然。她心想，既然遇到了，还不买简直就是犯罪，便把能买的都买回家。一共九瓶，在搁架上排好的一刻，正在过的日子莫名地有了尊严。

那晚，她整理书柜，把同系列的书找齐了放在一起，又按年代和作者规整完十几个书格。收拾的时候，发现几本书里夹着往年的课表，取出课表放一边，书排好了，便把课表揉揉扔进了纸篓。

扔掉课表，忽然想到，工作也可以理一理。她打开电脑，把这些年的教学任务书找出来理了一遍。一共上过四门课，两门校必修，一门院系必修，一门选修，课时的准确数字也在任务书上。她一学期一学期地加，加到最后，计算器显示屏上出现一个数字。

她又加了一遍，还是那个数字。

第二天有个会，期末的例会，每个人上去谈谈教学体会，几分钟时间，对当老师的人来说比较轻松，也不用专门准备，就是头天晚上心里肯定是有桩事的，总归是一桩事。也没什么好抱怨的，都习惯了，所谓日常，不就是由许多个不轻不重、可以忍受的小折磨组合而成的吗?

一大早，她来找季焕中，主管教学的副院长。她左手捂着喉咙，勉力发出声音，一个字，一颗沙砾，一个字，一颗沙砾，越往后她的表情越痛苦，声带似已无法振动，发不出真声，基本是气声了。

季焕中在电脑上改着什么东西。办公室里到处堆满书，有的摞太高已经从中间倒了。墙上没有“惠风和畅”的字画，柜子里也没有树脂工艺品，唯一的装饰是几只猫头鹰，陶瓷的，草编的，铸铁的，或挂墙面，或摆桌角。有人问起来，他总是会说，他这个鸮如何如何。他的用词，他认真的样子，都透出几分孩子气来。

“好，知道知道。别说话了，听着就难受。”他说，“生病发短信就行，还跑一趟干吗？”

再用气声回答吗？绷着的劲儿泄了，勇气也消散了，她不想再把自己调动到演出的状态。瞥见桌上的便笺纸，撕一张，写下一句话，递给季焕中。

“没别的，也不发烧，就是喉咙疼。”

季焕中看一眼，嗯一声，继续看电脑。她又加上一行字，“谢谢季院长”。

她起身离开，正赶上小木屋形状的钟表整点报时，木屋尖顶下面的一扇窗弹开，什么东西从里面飞出来，她这才发现，原来里面还藏着一只鸮。

一边往外走，一边目送着鸮推窗飞出，又合上翅膀缓缓隐身于小木屋中。

好像是工作以来第一次，在应该张嘴说话时，她没说话。她坐在教室最后一排，听到衣服的面料在呼吸，闻到经过漂洗和日晒后依然活着的一缕香气，看到窗外雨洗的树叶，雨水里平而薄的叶子看起来不一样了，叶子表面的翠色有了形状，一块块凸了起来，看上去，这绿色真沉呀，往下坠人的眼睛。

昨晚她没有准备发言，她练习了一晚上怎样让自己听起来喉咙不适。

声带紧张起来，声音尽量往下走，含住一个音节，嘴里多闷一会儿，再蜿蜒着往外挤。

隔着十几排桌椅，她看见燕朵走上讲台，手是微微发抖的，空气中像有一道铜线将这电击般的颤抖向她传导，她拿着笔的手也跟着颤动起来。燕朵工作十几年了，看上去很老练，脸上没有丝毫的畏怯，说话时语调平稳而有变化，既不显得毛躁，也不会让人感觉沉闷。可她就是看到了，燕朵的手抖了一小会儿。

接下来的两周很容易度过，课程已结束，再完成一些例行工作，从开学之初就秘密支撑着每个人的假期便真要来了。对谢梦锦来说，这两周跟往年有些不同。咽喉炎加重，间歇式失声，她坚持不说话，询问和关心渐渐稀落了。

她真不用说话了。

六年的时间，上了4128节课。这个数字出现时，她的第一反应是算错了。

现在，她秘密享受着失声带来的快乐。学期末多有聚餐，电话里，她用气声说："不行，还是不行，去不了。"她已经掌握了怎样把气声发得缥缈一些，再缥缈一些。她逃过了发言，躲过了数场社交活动，不用满心后悔地赴约，不用再受废话和讪笑之苦，每天都因游离在外而暗自窃喜。

办公室在七楼，步入电梯，她算了算，只剩四天了，最后这几天下学期的课会排出来。

她走进办公室，见燕朵也在，正对着电脑录入学生成绩呢。学期的尾声，办公室不像以往那样人来人往了，她想走过去跟燕朵说几句话。走几步，见后面卡座内有人，心里一踌躇，脚步已拐到自己座位上。

拉开抽屉，拿出纸笔，她把想说的话写在一张信纸上。

燕朵，上课的时候，一定要用麦克风，麦克风坏了就让现场办马上换。即使有麦克风，还是要多用假嗓子。我知道你是认真用心的人，但也不要把自己累坏了。比如说，提问后多等一会儿，歇一歇，这没什么的。

她默读两遍，又加上称呼、署名和日期，看起来真像一封信了。

一直记得，两年前九月的一个下午，她的U盘落在教室，回教学楼取回U盘，经过走廊时，一间教室传出熟悉的声音，她踮起脚来透过玻璃往里看，果然是燕朵。那天下午，她站在走廊中央听燕朵讲课。燕朵平时说话柔声细语的，一讲课却全身发力，特别投入。听了一会儿，她感觉到，讲话的这个人，气明显不足了，发出的声音周身布满毛刺儿，轻轻刮擦着空气和她的耳道。快下课时，教室有些乱，燕朵升高音调，试图控制些什么，隔着墙，她还是能听出来，这声音在多么吃力地爬坡，她听得心一抖一抖的，听着听着，就想掉泪了。

燕朵不知道她在外面，她从没跟燕朵提起过此事。

趁燕朵出去，她把信纸反扣过来，放在燕朵的办公桌上。

清理完这学期的杂物，她准备回家，抬起头来，正迎上燕朵的目光，燕朵站在隔断的旁边。燕朵说："走，去三楼甜品店喝杯果汁。"

跟随燕朵走出办公室，燕朵在前面走，她跟着，来到走道尽头一个僻静的角落，四下无人。燕朵转过身来，说：“想个办法。”

她点点头。千言万语，好像都不用再说出口了。

晚上，燕朵来电话的时候，她正站在阳台上感叹，今晚的月亮真低，就停在不远处的山脊之上。

“很久没见过信纸了。”燕朵说。

“把话写出来，是另外一种感觉。”她说。

她很自然地跟燕朵对话，不用解释说明，更无须疾风骤雨地诉说。她俩都羞于以太过浓烈的方式跟人相处。

一到夜里，小山就躺下了，月亮安静地挨着山脊，是一小半月亮，敷着一层新溶掉的淡金。纱窗筛落月色，地上，影子搂紧了影子。此刻，不像在用手机通话，燕朵似乎在她身边，在很近很近的地方，燕朵的气息也尾随着夜色逶迤而来。燕朵是两个孩子的母亲，小儿子只有两岁。长期贫血让她脸色发黄，但并非干枯晦暗的颜色，当光线柔和时，她的脸会泛起玉的光泽，像一块温润的黄色玉石。

“想个办法。”燕朵不探问什么，也不规劝什么，一句多余的话都没有。

“别不好意思，拿着病历去找季焕中。”燕朵接着说。

“好，我去。”

“病历，病历有了吗？可以找老陆。”燕朵说。老陆是她丈夫，在市二院财务科工作。

“不用，有办法的。”她说，“放心吧，燕朵。”

下午，她来到校园，先在湖边的长椅上坐着，快到整点时才往办公楼里走。

木窗打开，鸮飞出，一只漂亮的鸮，羽毛闪耀着金属的光亮感，圆眼睛，神情是落拓中混杂着几分狂傲，好像随时准备仰天大笑。她不想再用气声说话，把病历放在桌角，随后递给季焕中一张便笺纸，上面写的是用嗓过度声带小结可致失声云云。

“慢性职业病，身上，心上，都是难免的。”季焕中说。他面庞有些浮肿，头发像个鸟窝，也许又躲在办公室看了一夜的书。

“假期好好休养，不然还能怎样，我们吃这碗饭的。”他说话的时候没抬头看她。

既然决定这么做了，就不在乎别人怎么看待她。她面对窗户坐在椅子上，她心里有底，支撑她的，是多年来的储存。她暗自盘点着这些储存：温和，隐忍，合群，识趣，不哭不闹，看淡荣誉和利益，等等等等。这些年的表现证明，她不是一个麻烦难缠的人，不是一个寻衅滋事的人。她既不精明，也不愚蠢，进退合度，叫人放心。

他连说几句打发她的话，她跟没听见一样，坚定地、毫无愧色地坐在椅子上，作为失声人士，她的沉默是正当的，并不携带情绪和敌意。过了一会儿，她偷觑到，他迅速观察了她一眼。

压力在他那边，她适时地把便笺纸往他跟前推一推。窗外，鸟振翅掠过，在天空中一闪而逝。

“除非你愿意上社会类课程，一般排在晚上或周末，没人愿意上，好在课时量不多，内容也有自由度，空间比较大。”

“适合你。”他加了一句。

阳光不那么强烈了。她来到湖边，在树荫里坐下，望着办公楼，望见方才她跟季焕中对坐的一幕，心里充满感激。那一幕蕴藏着美妙的含混性。从进去到离开，病历始终没被翻开，从头到尾，他没有动用“规定”这个词，她能感觉到他对这个词的排斥，作为一个有能力尤其是具备情感能力的领导，显然他不愿意使用过于冷硬的词汇。

湖面上落满阳光，湖对岸是她和燕朵走过的人行路。隔着宽阔的湖面，石榴花开得正盛，激动的红色，红得让人看着看着，心里竟有些隐隐作痛。她想，石榴花肯定是热爱说话的，老远，就能听到它们在交谈，声音高亢响亮。

休整了一个假期，她准备开口说话了。

站在讲台上，最先看到的是坐在后排的那个人。他穿一件蓝衬衣，一点儿也不犹豫的蓝色，单纯而准确的蓝色。他小臂放在桌面，能看见袖口一排纽扣，每粒都待在扣眼里。过了很久，一次课后闲聊的时候她才知道，那叫克莱因蓝，绝对之蓝。

第一次课只来了二十几个人，她知道接下来会更少，这样想着，心情一下子轻松了。她的风格本来就适合上小课。小班上课有特别的感觉，声音响起，却不会冲散静谧，站在讲台上，仿若通灵般的独白，却广有共鸣，交流的深入往往超越语言所能，在一个更奥妙的层面上进行。小课堂上，她拿出来的是私房，小课堂上，她也更容易将多年萃取之物送达给听众，也送达给不在场的更多的人。夜晚的小课堂还会产生某些神秘的东西，难以复制，但每来必让人心醉神迷。她会猛然发现，一直哽在心底说不好的那句话，不经意间自己出来了，浑圆完整，仿佛本来如此，看不到丝毫人力的痕迹。

几周后，固定下来的学员总共是七个。有一次课间的时候，他走上来询问一幅图画，两人交谈起来，她这才知道，蓝衣男士是陈乐。他一开口，她就听出来他音质独特，等报完名字，她马上意识到他是谁了，对，就是陈乐，陈乐呀。听汽车广播的人都熟悉这个名字，交通台早晨七点半的节目，一个充满活力的声音回荡在行进的车中，陪伴着上班路上的人们。他的声音浸透着阳光，友善，轻快，这声音让人觉得世界总有希望。

她问："电台主持也来上这种课？"

他说："我不想说话了，我只想听听别人说话。"

他的回答让她一下子愣在原地，她没有立刻作出回应，她一直在避免戏剧性，即使是浑然天成的戏剧性，但从那以后，她心里没再把他当成学员。

他真年轻，人跟声音一样年轻。他皮肤的颜色很深，是长年坚持户外运动才能拥有的健康肤色。一道长而挺的鼻梁从人中延伸到眉心，眉心那里能看到明显的突起。

她上课用的包是一个挺括的布包，很能装东西，布面上印着一幅古画。陈乐问起这幅画，她告诉他，这幅画叫《照夜白》，照夜白是一匹马的名字，一匹白色的唐朝骏马，它的主人是玄宗李隆基。她说："照夜白被拴在木桩上，你看，画面里它是想飞起来的样子呢。"

"要给它画上一对翅膀，或者，"陈乐做出舞剑的动作，说，"用一把剑把木桩砍断。"

他接着说："照夜白，三个字连在一起，骤然一亮，有一种光明感。"她明白他的意思。她想起早晨拉开窗帘，白昼毫无保留扑进来的一瞬。

很长一段时间，她不参与任何聚会，也婉拒了所有的外出授课邀约。她说，扁桃体发炎，她说，肠胃不舒服，这些可爱的小恙庇护了她，再后来，她不再求助它们，而是坦然回复，不去了。很简单，不去了。一个伴随她多年的伙伴，正渐渐从意念中抽离，那个伙伴，叫挣扎。电话里，母亲仍问长问短，警示她不要不知足，刺探她有没有多跟人联系交往，她让母亲多注意血压。有时在学校餐厅遇见燕朵，燕朵笑她："又不是让你上沙场。"她说："我还真有临阵脱逃的感觉。"回想起那一个个夜晚，在灯带的照耀下谈论不感兴趣的话题，看着关系普通的两个人却非要表现得比实际情况亲密些，回到车里再回到家里，扭头一看，看到一大片滞重的空白站在已逝的几个钟头里傻笑。复又端详镜中的自己，好像变丑了，两团潮红徒劳又懊丧地浮在脸颊。不过是一个个毫无自由意志的公共的夜晚，不是我的，也不是你的。

幸运的时候，课堂会是自己的。"这节课讲小津安二郎的电影。"她说，"适合假期，适合在家里看，能看到世界和人本来的样子，寻寻常常中，原来有惊人的美。屏幕里出现云的时候，我就按暂停，看一会儿云，做点儿别的事情，有时忘了，云就停在屋里，一停就是一下午。"

说到这个场景，她眼神失焦了，短暂地出神，置身于无名的幽境，什么也不想，什么也看不见，再走出来时，从里到外都是湿漉漉的清凉。

学期过半，电影的部分还没讲完，课堂上有些不对劲儿了。这方面她是足够敏锐的，她感知到，一股不安的气息在加速挥发，越来越浓重。

坐在第二排的女学员余家欣，一脸不耐烦，身体动来动去，一副完全坐不住的样子，这对授课是重大打击。杂念全涌上来了，她不停地搜拣之前哪句话说错，而之后要说的每句话都变得苍白无味，讲述的热情一沉到底，相似的糟糕经验争相浮现，这一切多让人厌倦和灰心。

她的声音遍布皱纹、长满白发，一瞬间老了。

提着心，机械地发声，时不时用眼神安抚余家欣，像安抚一个焦躁的儿童。她生怕余家欣按捺不住从座位上站起，头也不回地离开课堂。

她站在一座高高的纸桥上，纸糊的桥下面是拉长的时间之河。她被放入一个热瓦煲内，小火熬煮，辗转反侧。总算熬到下课，她走出教室，推开走廊尽头的窗户，长呼出一口气。接着，回到讲台，眼神找到余家欣，鼓励地看着余家欣，发出交流的讯号。她需要掌握情况，需要知道发生了什么。

过了几分钟，她等到了她。余家欣走过来，手肘支在台面上，双手握在一起，说："谢老师，跟你聊几句。我记得这门课叫'你的口才价值百万'，是应用类的课程。"

竟然叫这种名字，谁起的？她拧紧眉头。

"我报名上课是觉得这门课实用性强，速成班，立竿见影的那一种。"

她理解余家欣的心情。余家欣在家居商城卖家具，说生意一般，就靠节假日冲量，平时没顾客也要从早到晚守着，想到这姑娘每天在店里吸毒气，她就觉得太不容易了。她还记得，余家欣说打算去万象城一家名品店应征导购，卖精美的皮具珠宝，说的时候一脸神往，她也盼着余家欣能尽快换份自己喜欢的工作。

"我们是人文通识课，口才和表达不仅是技巧层面的东西，跟基本的艺术修养、审美都是联系在一起的。”声音低低的，她觉得自己的话并无说服力。

“可是太空洞了，一点儿也不吸引人，也没什么操作性。”

“后面会有专门的讲解和练习。”她只好说。她黯然跟小津安二郎作别，还有没来得及出现的巴尔蒂斯、贾科梅蒂和《后赤壁赋》。跟前作相比，她始终觉得《后赤壁赋》因孤寂而更接近神灵，读一遍，宛若转世一回。

接下来的一次课，她走进教室，放下包，看看下面，还是那几个学员，余家欣坐在老位置上。她有些心神不宁，惴惴地等着铃响。她害怕所有这一切，进门，上台，开腔，当众说话，哪怕是重复了上万次，她还是害怕，她知道一走进去，自己就跟还没想清楚的、并未完全认同的一些东西合为一体了。

> 口才是成功最重要的因素。**“成功”这个词总是自带重读强调效果。**这节课我们一起探究说话的艺术：**说话术。**人是群体性动物，每个人都想在群体中受到大家的欢迎。**大家是谁？**每个人也都要掌握沟通和交际的技巧。**诱导操纵。**

说起来，这些玩意儿是最好讲的，以石井裕之和雷克·科斯纳为底本，列举大量案例，掺和着读心、微表情等时髦秘术，再让学员演练演练，教室里洋溢着学到真东西的满足、欢快的气氛，一节课很快过去。但昨天晚上，讲稿找出来，她一眼也不想看，磨蹭到很晚还是没看，躺在床上，她想，明天早到教室二十分钟，课前熟悉熟悉吧。不到最后时刻，她一眼也不想看。

铃响后，她做出一副急匆匆的样子来，快速把东西收拾好，几步走到门口，忍不住回一下头，看到陈乐站起来又坐下，她转头离开，离开前犹豫了半秒。

一路上她车开得很快，急切地想把刚才的夜晚甩到身后。再转一个弯就到小区了，每次先看到的都是裙楼的鲜花店，她把车速降下来。店里的灯还亮着，她停下车，看着店员把摆放在门口的花盆一一搬进店内，透过落地玻璃，能看到不大的空间里布满鲜花。当初花店刚开的时候，她担心花店生意清淡，万一哪天关门就可惜了，她是第一批办充值卡的人，盼望花店能一直开下去。毕竟，楼下开间花店，住户的日常里就有了点儿不一样的东西。

店员关掉靠窗的一排射灯，她下车走进花店。店员说这么晚还买花呀，她点点头，指着角落里的一束花，说要这束铃兰。

花大都仰着往上开，残败了不好看了，花朵才无奈地耷拉下来。只有铃兰在盛年的时候向下绽放，是主动和自愿，我要低头俯瞰，我要把花开向地面。

她听见自己的心跳声，如果是做噩梦就好了，可闭上眼睛再睁开，不是噩梦，程督导现身。他端坐在教室前排，每个表情似乎都是有含义的，需要解读的，他无须礼节性地问好，你也知道他来了。他攥紧手中的笔，随时准备记录的样子，白色表格平铺在桌面上，非常显眼。

她脑子里飞快转了几个念头。课前几分钟，每个经验丰富的教师都能根据白色表格上的评价标准，结合督导的喜好，调整讲授次序，讲最恰当的内容，揣摩、判断、选择，一切都是电光石火间的快速反应。同时，抖擞精神，笑容满面，站立在台上，像某一类陈旧又浮夸的修辞。

她当然也有预案。

然而，演完了呢，那是最沮丧的时刻。先觉得丢脸，接着，就是难过了。一个人在台上一惊一乍，卖力地表现，身不由己地迎合，窘迫感渐渐在空气里弥漫，谁都知道发生了什么事情，连坐在最后排的学生也会抬起头来看她两眼，她提醒自己不要敏感，在难以遏制的惯性中继续沉沦。

演够了。

全程没有紧张地观其颜色，也没有顾盼着舒羽开屏，平平常常地讲完一堂课，她拿起杯子，去走廊上接热水。

一转身，看见跟出来的程督导。面对面站着，她发现程督导的脸上没有愤怒也没有茫然，他巧妙使用的，是怜悯的表情。

他说话的时候一直晃着头，似笑非笑。

“你年纪也不大，怎么就落伍了呢，你这个讲法，跟不上时代了。”

“我没想跟。”她说。

程督导用力看她一眼，目光像凿子，凿一下，又旋了一圈。他说：“太平淡，不带劲儿，不勾人。”顿了顿，他解释道，“我的意思是不抓人。应该重视互动，风趣一些，讲讲笑话，班上就不这么死气沉沉了。”

“我再也不想讲笑话。”她说。她以前也热衷讲笑话的，没人笑就自己笑。她也会花式上课，珠翠绫罗，花哨极了。

“有空去听听管院老师的公开课，那师德，那人格魅力，其乐融融，打成一片。”

开始用大词儿了。她不觉惶恐，反而想笑。提到管院的课，更是难忘的体验。她慕名去学习过，台上的人激情澎湃，两片薄唇上下翻飞后总用一个夸张的圆圆的“O”来结束。听了一半，她多想提醒一句，小声一点儿，可以小声一点儿的。接近尾声时，讲演者频繁换气，一口气撑不住两句话，再看未免残忍，她低下头不看了，脸上发烧，只盼赶紧结束，耳朵里已经太满了。

督导没注意到她的表情，继续大度地指导：“先打成一片，有了感情学生就愿意接受你配合你，打成一片就好说了。”

说出这个词的人，她都避而远之，而督导在几分钟内连说三遍，是他的宝贝吗？得有多喜爱这个词。她想起季焕中，季焕中的语言洁癖此刻显得格外可贵。

她在心里估算了一下，通识课是合班上课，粗略算算，这些年要跟几千人打成一片，她笑出声来。没什么好说的了，只能发笑。

见多识广的程督导怔怔地看着她。她听见自己的笑声，心里并不好受。这老人家整日坐在教室，扮作权威，使用正大但失去活力的语言做指导，走不得不走的过场，也真是难为他了。

程督导黑着脸回教室收拾好表格，一边下楼一边说：“你这个态度，神经病，神经病。”

她对着他的背影说：“程老师你听我好几次课了，就这次最正常。”

“最低等级是D，还是F？”

刚说完，听见陈乐的声音从身后传过来。陈乐接着问：“头一回吧？”

“常规的做法是一下课就赶紧走过去，主动聆听教诲，不管说什么都点头，都表态改进。”她说。

“怎么不点头了？”

“想清楚了，想清楚了就不会再点头。”

“会有什么后果，不考虑代价什么的？”

“点头的代价更大。”

校园依山而建，两人沿着行山路往上走。半山腰有一片栎树林，枝叶扶疏，路灯晕黄的光漏到林中的石椅上，石头闪现出了铜的光泽。

她说：“坐一会儿吧。”此刻，她感觉很平静，平静像夜色一般充盈在树林的每个角落，从头到脚把她裹进去了。

两人一起待着，话上很俭省，都没有强烈的表达愿望，可说可不说的，一般就不说了。也从不专门找话题，到哪里算哪里。今晚也是如此。

凉凉的石椅坐暖和了。在听到陈乐的话音前，她先听到长长的叹息声。

“人总有不想说话的时候，到点儿必须说，要是带个按钮就好了。人呐，都带按钮就好了，不是说话，也有别的。”

她转头看着他，他的声音变得很陌生，缓慢，低沉，不像广播里那么青春明快了，这声音更适合夜间节目。

她说：“我一直有个愿望，或者说幻想。有一天我到了教室，坐下来，不说话，学生也不说话，大家就这样一起沉默，一分钟，两分钟，四十分钟，四十五分钟，铃响了，所有的人一言不发，寂然散去。”

没等他接话，她马上说：“想想罢了，怎么可能，一大群人呢。说不说话，从来不是自己能决定的事。”

她想象这情景，坐在讲台上，一句话也不说，人们先是奇怪，等不了

一会儿便开始鼓噪，场面失控，嘈嘈杂杂，大家盯着她看，用各种方法迫使她讲话，她往外跑，跑着跑着扭头一看，没跑全，还剩一套发音器官悬浮在空气里，一荡一荡的。她打个冷战，连声说："不可能不可能。"

他说："想想就挺疯狂的。"

"是呀，疯狂。但每天都在想，走进教室前的一秒钟还在想。"

"应该想，哪能连想想都不行呢？不过，你擅长说话，你的课上得很老到，游刃有余。"

她想起自己游刃有余的样子，那好像是另外一个人了，那个人或者说任何游刃有余之人的模样里，似乎都带着点儿无耻的意味。她点点头，又摇摇头，不知该回答些什么。看着山下校园星星点点的灯光，眼皮发沉，一阵困倦，疲惫感袭来，窸窸窣窣地在全身蔓延。

回到家里，她躺倒在床上，想起陈乐的评价，只有苦笑。

当然，她擅长说话。一接近教学楼，该说的话就围拢过来，都往跟前挤，她伸出手来驱赶，让它们走远，它们不走，跟着进电梯出电梯，铃声一响，它们就兴奋地蹦蹦跳跳，把嘴顶开，翻滚而出。怎样活跃气氛，怎样拉近距离，哪里自嘲一下，哪里抛出符合年轻人趣味的笑点，以及如何应付出言不逊之人，如何化解突发情况，她太擅长了。她能调整出不同的面貌，在向学的班级上是个容易接近的形象，明朗可亲，授业解惑，到了某些班级，一脸漠然，习惯失望，不带感情仅止于完成任务地讲述，语流中时有问题抛出，然是自问自答根本无须回应的态度，这态度预先避免了冷场的尴尬和挫败，是习得的自保。冬季的下午，座位上趴倒一片，因自尊而发怒全无必要，到了节点就提醒一句，旋即沉默数秒，既是威慑，亦是等待，甚至哪堂课需要发一次脾气、说几句狠话，以期恢复对课堂的掌控，都有着精妙的把控。她深谙此道。

那快乐的部分呢？是从什么时候开始变了味？

说着说着，她还是会动情，动情的一刹那，忽然觉出来，太熟悉了。她怕自己再也感受不到动情的真正滋味了。她的陶醉和愉悦，都透着一股油滑。

程督导最后离开时脸上肌肉抽搐了一下。那抽搐像一道定格的闪电，明晃晃地照过来。一个非职业化的表情，多么真实和动人。什么东西裂开了，他分离了出来。

也许，她可以叫上陈乐，跟余家欣一起坐下来聊聊，她可以跟余家欣诚恳地说，课堂上讲的，是她能知道的、能理解的、能确定的最好的东西。

至少可以试一试。

下小雨，一道道纤细的水流沿着车窗玻璃淌下来。岭南的十一月份，天气并不冷，雨下得细密轻柔，倒有个秋雨的样子。这雨让她想起燕朵来。燕朵跟人说话，会看着对方的眼睛。燕朵对人的好，是一滴一滴地落在人身上，先濡湿一层皮儿，再缓缓地、绵绵不尽地往下渗润。

这周是傍晚的课，到了学校，时间还早。她先在校园里走了走，走到湖中心的亭子，坐下来，看着雨静静地落在湖面，看了一会儿，觉得很安心。

手机闹钟响，看看表，快到点了。她这才想起，课前很少有这样的闲情逸致，总是急匆匆的，定不住神。她起身往教学楼方向走，远远地，看见陈乐在楼门口站着，他又穿那件蓝衬衣了。黄昏细雨，衣服的颜色看上去不像白天那么鲜明，她有些恍惚，早间节目里他妙语连珠，让人听着听着嘴角就浮现出笑意，课堂上，他是最沉默的蓝。

他迎上来："这节课，这节课你不用说话。"

"什么意思，谁来讲呢？"

"你不是有个愿望吗？"

她停住脚步，说："不可能实现的那个？"

"谁说不可能，就这么几位同学。"他眼睛亮闪闪的，他说，"我一个一个找他们谈的。"

"怎么谈的？"

他笑了："没使用技巧，你教的说话技巧一点儿也没使用。我就照实说。"

她愣住了："不可能。"

"怎么不可能？你给我们上了十几周课，要有信心啊，一堂课一堂课讲下来，多少能领悟一点儿的。"

她心里一热，她从没想过改变谁，她只是希望，照耀过她的光也能照到别人身上。

他看着她，继续说："当然，有两位同学说不通，我答应补听课费。"

"余家欣呢？"她问。

"余家欣不让我补钱，就是嘟囔几句，说沉什么默，在家沉默不行吗，来这里沉默。"

快到教室时，他忽然想起什么，说："很惊险，教室里有个新面孔，可能是快结课了要来听一次，把我急坏了。”

“那怎么办啊？”

“我告诉他，谢老师生病，课暂停一次。我不放心，看着他走的。”

一时间，她不知道该怎样步入教室了，不敢进去，怯怯地站在门口。他说：“我提醒过，不要过分关注你，就像做游戏嘛，成年人最该有自己的游戏了，我们一起完成一个游戏。”

起先，她有点儿不自在，往下瞄两眼，大家都低着头，忙自己的事情，没有人注视她。看看窗外，夜色混着秋雨，迷迷蒙蒙，再看看室内，灯光下一片缄默，跟自习室的安静不一样，这安静源自众人会意的专门的仪式。她手臂垂落，放慢呼吸，凝视着这个既奇幻又真切无比的场景，看见场景里的自己手臂垂落，放慢了呼吸。

寂静一点点加深，一点点伸展开去，深得看不见底，宽广得看不见边沿。紧绷的身体渐渐舒展，弦一根一根地松了，身体里冻僵的地方，袅袅升起热气，心底经年枯槁之处，正潺潺流过溪水，坚硬和瘀滞，软和了，散开了。她渐渐失去形迹，化进了深广无边的寂静里。

她想起有一年，在花店里遇到两枝雪柳，褐色的枝条上开着稀疏清丽的小白花。店主说只有这几天才有，她犹犹豫豫，不知怎的，没有买。第二天再去，插雪柳的瓶子空了。后来，她再没见过雪柳。此刻坐在讲台上，她真心诚意地想念那两枝雪柳。

耳朵里空了，彻底空了。稍后，乐声从辽远的地方传来。一首再熟悉不过的乐曲，她听了一遍，又听了一遍，怎么有风的声音？她细细地听，原来乐曲的末尾，有风吹过，一直都有风吹过。

两个劣质盆涎皮赖脸地现身，是买电器时赠送的，不知不觉地，稀里糊涂地，用了好多年了。她想，每天用的东西呀，怎么就将就下去了呢。她决定明天去买新的，质地厚实一些的，面目朴素一些的，别锃亮锃亮得跟镜子一样。

她看见寒冬天气砂锅里炖着玉竹、莲子和山药，她坐在灶台边看书，就像在煤球炉子边坐着一样。书上写什么不记得了，只记得火跟砂锅低声说了一下午心事。

无边无际的静默中，传来马的嘶叫声。照夜白的鬃毛根根直立，雪白的马身子从泛黄的纸页上隆起，肌肉在毛皮下一弹一弹的，接着马头一仰，前腿探出画纸，凌空一挣，四蹄腾空，朝着远处飞驰而去。再看看纸上，什么都没有了。

通天桥

通天桥的北面，半年时间就长起来一座城。

呼延飞觉得这些楼房是自己长起来的，跟小孩子一样，见风就蹿，又像成了精，随心变化。半年前通天桥以北还是荒地，长满开白花的茅草。一幢幢楼房从打桩到封顶他都见证过，可每每想起来，还是觉得一切太魔幻。

通天桥横亘于河流之上，连接此岸和对岸。

一入夜，桥南就被一双大手拎起来倒空了。桥北的高楼，星星点点地亮了，灯光和人影令凝固的建筑变得生动梦幻，像由许多个温暖柔黄的盒子堆叠起来，盒子里是童话般的小人国。小人们放松地掉落进各自的空间，吃快餐，上网娱乐，赖着不愿睡去，害怕睡醒时那个劈头而来的工作日。

月悬中天，呼延飞的一天才刚刚开始。他在夜间急诊室工作，为酒精中毒的倒霉蛋洗胃，给斗殴完的青年处理创口，看着车祸重伤、业已停止呼吸的人被满怀希望地抬上床，他耷拉着手，无能为力。

每天清晨，他会细致地清洗双手，接着走进更衣室。他小心地用白大褂隔住自己的手去拧球形锁，这个自爱的、富有仪式感的动作是一种告别，告别那个血糊淋剌的不高雅的世界，来到晴朗洁净的白天。

又一个美好的早晨来临，呼延飞将逆着人群而行，他喜欢逆流而动的感觉，他是少数派，他内心静谧坚定，他常常被那样的自己感动。

远处是碧青的山，柔和的晨曦勾画出山体的轮廓，山路在云絮里蜿蜒盘旋若隐若现，那条路，仿佛是通往天上的。

他像往常一样经由通天桥步行回家，远远地，看到桥中央似乎矗立着什么东西。长期缺少睡眠的人眼神都不好，他并没怎么在意，直到身体确乎被硬物挡回，才发现自己并没看错。

才不过一个晚上。他后退几步，通天桥中间竖起来一堵墙，墙把通天桥分成了两半。

他的家被隔绝在墙的另一面。

呼延飞孤零零地站在桥上，墙那边的人却越聚越多，赶着上班的人们渐渐躁动起来。爬过去？爬过去，爬过去吧。语气从疑问到商讨，再到相互鼓励和确认。他看到一个男人跃上墙头，男人仔细看看下面，一咬牙翻了过来。眼看这堵墙没有自动消失的可能，越来越多的人开始攀爬，女人也顾不上仪态，先把高跟鞋扔过来，再哎哟哎哟地往上爬。

一时间墙头上全是支起的身子和张望的脑袋。没人知道发生了什么事，此刻也无暇深究，再晚就赶不上打指模了。好不容易寻个空当，呼延飞两脚一蹬，朝着与人潮相反的方向翻过去。

他醒来时已是下午三点。初冬的阳光在木地板上洒下片片光斑，地板被阳光敷上一层釉，像某种包浆良好的浅色玉石。他站在窗前向外望，看到通天桥被一堵墙一分为二。

傍晚时分，下班的人流在桥上汇聚，却被那堵墙挡住去路，停滞不前。一天的工作令人疲惫沮丧，人们要先经过一段助跑，才能借势跃上墙头。

晚上呼延飞去诊所上班时，发现广场上除了跳健美操的妇女，还多了些忧愤的中年人，都在议论那堵墙。人们约莫猜到了墙的来历，有人宣称已向媒体爆料，明天就会成为全城热点。想到电视台和报纸的强势介入，大家都松了一口气，说，事情会解决的，很快就会解决了。

这一夜病号不多，呼延飞却觉得很难熬，那堵墙分明横在了他心里。墙是一个生硬的象征，也是一种提醒，一种放大，无论他面对与否，界限始终都在，从未消失。

第二天清晨，他离开诊所走到通天桥上，又被眼前的场景震惊了。

墙被砌高了一大截，已非徒手可攀援的高度。他听到墙对面传来嘈杂的声响，有人愤怒地要报警，有人提议“叠罗汉”，先过去再说。

过了一会儿，没有人打报警电话，“叠罗汉”的妙计也未能实施，因为找不到那个肯蹲在最下面的人。人们像突然聚合的一群乌鸦，高声说些废话，还好有围观的群众提醒，去找梯子啊。

几位热心人士拿来几把长梯。众人先对可行性进行分析，又反复测试梯子的牢固程度。一个半大孩子不耐烦了，仗着手脚灵活先翻过来，他打个呼哨扬长而去，陆续又有人爬上梯子。

很快，上学和上班的高峰期到了，桥北的人流像涌进肚大口小的瓶子，憋在瓶口，动弹不得。梯子实在有限，排在后面的人越来越恐惧，开始往前挤。有人摔倒在地，有人从梯子上被拽下来，有人紧扣住桥栏杆怕被挤落，有人落地时扭了脚踝，还有小女孩爬上去不敢翻下来，闭着眼睛哭叫，场面混乱如逃难一般。

呼延飞看到一个背影熟悉的人从墙面上出溜下来，那人一回头，果然是老刘。他和老刘住在同一栋统建楼里。他走上前去问那边的情况，老刘拍打着衣服，说："乱套了，很多人等不及就绕道走了。"

这天，呼延飞沿着通天河一直走，经过一片水洼，几条弯曲的土路，回到通天桥以北。在楼门口，他看到老刘的女人正挎着大包往外走，看来这个月末她又要出去住旅馆了。

晚上的都市新闻以"通天桥的墙"为题做报道，可惜只有两分钟，远没有大家预想得那么重磅，也无义正词严的谴责，透着避重就轻的轻佻感，还隐隐散发出一丝令人不快的猎奇的味道。

失落的人们重新聚集到广场上，有人愤慨地说："谁也没权利堵桥，这是国家的桥！这是所有水城人的桥！"有人跃跃欲试想去找对面的村委理论，还有人声称写好了上访信。众人越说越来劲儿，越说越有信心，似乎在对付这类事情上很老练。现如今曝光的方式多，说理的渠道也多，不愁推不倒那堵墙。人们情绪高涨如满拉之弦，每个人都认为自己足智多谋绝非小角色，轰轰烈烈做成一件大事的气息提前在人群中弥漫开来。

呼延飞听了一会儿也热血沸腾，恍惚间，他觉得只要大家齐发功，那堵墙就会应声崩塌，轰然倒地。如果不是上夜班他也渴望参与进去，成为其中一员。后来，有人提议推选一个主事人，人们商议半天，不得要领，气氛凉了下来。

呼延飞经过一片水洼，沿着弯曲的土路缓缓走入桥南的黑夜，一个结结实实的黑夜。

一到夜里，桥北亮如白昼，人烟稠密，桥南却灰败下来，演了一天的大戏，在此刻落幕散场。自从桥北的楼房似小婴孩儿般疯长起来，对面铁家村的房屋就大多空置了。桥北的楼房白天看起来寡淡无趣毫无设计感，夜里就漂亮多了，灯光渐次亮起，像整块的水晶被一格一格地镂空。

凌晨两点，一对年轻父母抱着高烧癫痫的孩子跑进来。呼延飞给孩子打了退烧针，诚恳地建议他们去大医院继续观察。天快亮时，一个慌乱的男孩儿进来买紧急避孕药，呼延飞注意到，街角那里有个女孩儿在等待，她用双臂环抱住自己，原地转圈。

清晨，呼延飞去更衣室换衣服，居然忘了用白大褂的下摆隔住洗净的手，他的手直接伸向球形锁，门咔嗒一声打开了。他这才意识到，保持多年的习惯竟毫无预兆地消失。他的生活里，某种高贵的诗一般的气息正变得越来越稀薄。

他不知道那堵墙又会变出什么可怕的模样。

他本想绕路回去，可走着走着，又走到通天桥上。墙那边的人明显少了，情势既已如此，大部分人乖觉识趣地早早起床，绕路而行，而少数决意越过障碍的人也发现他们遇到更棘手的问题。

墙上砌进碎而尖的玻璃，闪着干燥刺目的光，视觉的不适迅速转换为肉体上真实的刺痛感，叫人心里一抽一抽的。呼延飞听到，对面有人咒骂两句，不情不愿地离开了。剩下的几个人却犯上轴劲儿，非要征服这堵墙不可。他们低声商量着什么，随即四散而去。呼延飞等了一会儿，听到急促的脚步声近了，接着是梯子搭在墙上的声音。

一个有着莫西干发型的小伙子出现在墙头上，他冲下面喊：“扔上来！”很快他接住一块砖头，气冲冲地大力一扣，把碎玻璃砸平了，又来回抹削了几下。接着，他丢掉砖头，冲下面喊：“扔上来！”

是一副厨房常见的厚石棉手套，他戴上手套，扒住墙头，一下翻过来。呼延飞数着，前后一共过来五个人，都是青壮年男子。他们狠狠踹墙，其中一个双足腾空地飞踹，嘴里嗷嗷叫。墙依然稳稳站立，像个沉默无言的生灵。男青年们闹够了，朝一家五金厂的方向走去。

呼延飞也回到家里。统建楼最安静的时段就是上午，正好趁机补觉。他睡得迷迷糊糊的，听到外面一阵喧嚷声。他拨开窗帘往下看，看到各色打着频闪灯的车在墙边停着，还有一辆钩机正远远地开过来。他心里一动，看样子要采取实质行动了。

他起身向外张望，很快看到接下来的一幕：对面铁家村的数条小巷子里，同时有人在往外走。皆是一个中年妇女扶着一位老太太，老太太们用双脚搓着地面，缓慢行进到墙边，躺下了。

主事的妇女擎起喇叭，冲对面喊话。

呼延飞只穿一件秋衣，探出身子往下看：老太太们间距合理地分布于墙下，看上去像一道道田垄。

这等多寿的阿婆，每个村子里都有十几位。她们皮肤松垂，眼球像晒干的豆子，嘴巴一张开，里面是空的。她们中午收看粤语残片，痴迷任剑辉和白雪仙，《帝女花》永远都看不腻。她们自然是无害的，甚至在阳气旺盛的外省年轻人眼里，她们是近乎卑下的存在。

此刻，无辜易碎的众阿婆正躺在地上晒太阳，偶尔调整一下姿势。

呼延飞来到桥上，发现频闪灯已关掉，钩机也不见了踪影。一些人虚张声势地在墙边转悠，只是尽责地做做样子罢了。本地农民如纯金打造，命太值钱了，更何况还是各家各户的祖母，连风都要躲着她们吹。再说，这类事情说简单也简单，说复杂也复杂。桥南农民楼的出身和来历是可疑的，但好在已贵为“历史遗留问题”，一成为历史，就好说了，就没人认真了。而桥北这片楼也是趁乱抢建，还带着热乎气儿呢，自己也不清白呢，是笔烂账糊涂账呢。谁都不干净，所谓是非对错真是说不清道不明。这样一想，人们就释然了。

显然，双方的实力和意志均悬殊，不足以形成对决的态势。

好像有什么东西还没来得及绷紧就已懈掉，连僵持也算不上。这场面实在无聊，围观的妇孺不满地散去，那几辆车也低调地开走。

呼延飞站在桥北，面前的这堵墙令他感到虚弱，令他自我虚构的生活失去继续虚构的动力。墙像一只手，揭开了一片表面光滑的青石板，石板下面原来爬满虫子。墙也刺破他的幻觉，让他无比清醒地意识到，此刻，他身处小莞。他脚下的这片土地，在行政区划上属于小莞。

晚上，呼延飞经过广场去上班，发现昨晚零落的健美操队伍重振声势。气氛变得很微妙，显然很多住客不愿再谈论此事，一见有人慷慨激昂地讲话，就嫌恶地撇撇嘴，很败兴的样子，也有人跟着附和几句，是挡公事的态度。

他看到老刘正抓着栏杆拉伸身体，他走到栏杆下，问：“老兄，怎么打算的？”老刘跳下来，说：“随大流吧。”他接着问：“什么是大流？”老刘答不上来，没头没脑地抱怨一句：“一水之隔，租价差一倍，凭什么？就因为，”他顿一下，使劲儿跺脚，“就因为下面这块地叫‘小莞’？我叫它水城不行吗？谁规定的它必须是‘小莞’？我想不通。”

这晚，呼延飞救治一个被开水烫伤胳臂的小男孩儿。男孩儿伤口上大小不一的潮红色水泡已经起来了，一问才知道是从桥北绕小路跑过来的。父亲喘着粗气，不停地埋怨那堵墙。送走父子俩后，呼延飞查找网上关于那堵墙的帖子，已经少有人往上顶，沉降到十页以后，仿佛已是二十世纪的事件。

他始终没见到墙的主人，不知道他们在哪里，似隐遁于无形，又暗中宰制着天地万物。

他期待明天的到来，想知道墙会变成什么模样，那堵墙好像自己会进化，他更想知道，五个男青年会不会继续翻越。

一交完班他就来到墙边。墙不负期望有了新面貌，墙上面楔进一排铁枪花，铁枪花凶狠地往上戳着，威严锋利。时间还早，他在墙边坐下，静静守候。也许是长期的夜班损伤了记忆力，他有些想不起来了，今早洗完手，有没有用手隔着白大褂去拧门锁?

他望见远处的山。在奇异的光影效果下，人们很容易产生一种幻觉，那条路是通往天上的。

一股呛人的烟草味道从墙那边飘过来，接着，他听到一阵嬉笑声。蓦地，笑声停住了。

他站起身来，有些绝望地盯住墙头，半天都没有动静，或许，是全体败退了吧。

他只好往前走，准备绕个大圈子回家。他走走停停，不时回头张望，走到几百米远时，似乎看到墙头上冒出来一个人，并不真切。他赶紧调头往回跑，跑到桥上时，那人已经下来了。那人身上裹着薄羽绒服，衣服一侧被铁枪花划破，稍微一动就羽绒乱飞，他爱惜地把羽绒往里塞了塞。呼延飞注意到，他的手也破了，正往外渗血。

男青年有些后怕地看着这堵墙，似乎在对自己刚才的行为作出评估。呼延飞关切地说："你的手破了，赶紧去包扎，我，我是个医生。"男青年茫然地摇摇头，离开了。

呼延飞心里牵挂那个男青年，睡到中午就再也睡不着了。他来到楼顶天台上，眺望着空无一人的通天桥，才不过几天，桥已枯槁，是废弃很久的样子。而那堵墙风华正盛，似乎还向着天空徐徐生长。

冬天的阳光，蒙蒙漠漠带着些烟气，笼住桥南桥北的大片土地。呼延飞独自待在天台上，看着白日渐渐衰老，又一个白天被黑夜击退。

晚上，高谈阔论的义愤人士彻底失去听众，居民们散步闲聊，爽朗地大笑，跳交谊舞，逗孩子，好像那堵墙从来就有，一直都在那里。

恰恰在这个夜晚，呼延飞接待了从医以来第一个不是病号的来客。午夜时分，来客没有声息地出现在他面前，像足不沾地飘进来的。来客身着一袭绛色长衫，面庞清癯，仙风道骨。

呼延飞惊恐地站起来，脸色煞白。来客露出安抚的笑容，说："别怕别怕，你是医生呢，不信鬼神吧？"

他坐下来，说："何况，我也不是鬼。"他拿出两页纸，放在呼延飞面前，呼延飞觑看一眼，一张是购房合同，一张是租房合同。

来客并不说明来意，却跟他聊起天来。"你跟他们不一样，你是医学院的毕业生，受过良好教育，专业人才，知识分子，有自己的前途和愿景。"

呼延飞一脸惶惑："你是谁？"

来客没回答，自顾自地说："很快就会有新热点，很快就淡下去了，像什么都没发生过。个体不会把自己的时间长久地浪费在大家的事情上。只顾着活下去，谁有工夫做'刁民'？"

他轻蔑地回击道："未必。人身难得，总有义薄云天的人，总有坚如磐石的人。"

来客继续说："你们人多，我们反而好办，人多是做不成事的。我们不使用暴力，也无需断水断电，那是低级手段。说穿了，只需拿一点儿小利出来，"他用两根手指虚捏住一点儿空气，"呵，你明白吧？"

他站起来："你们，真卑劣！"

来客微微一笑，说："不食周粟是三千多年前的老事，共同利益是个谎言，灰色的问题就有灰色的解决办法。对了，老刘，你的邻居，他也算上道儿，昨晚把协议秘密签了。"

呼延飞想起老刘来心里就难受。老刘跟桥南一个超市的收银员搭伙过日子，逢到他妻子回家，收银员就出去住旅馆。有一次在楼道里，他听到老刘对妻子说："你也别强撑，有合适的人就先凑在一块儿过，不影响，都理解，咱们还是……"老刘的声音越来越低，他的妻子默不作声。空气里仿佛充满盐分，腌得人皮肤生疼，夫妻俩快速而尴尬地道了别。呼延飞本来正想出门呢，又偷偷折返回去。那一刻，他深切地感受到那股扯拉着人们的霸道的力量。老刘当私企经理收入还不错，可家里也不能少他老婆那份工资，少一个人挣钱，心里就没底了。孩子放在家乡养，老刘在水城北工作，老刘妻子在水城南打工，一家人散落着熬过这么多年。呼延飞盼着老刘的妻子也不要自苦，他不管什么道德上正不正确，他只知道，正在发生的这一切合乎人道。

这会儿，他回忆起来，昨天看到老刘清理阳台打包杂物，还以为例行扫除呢。他正走神，来客的说话声又响起：“你完全有实力升级，把小莞的楼换成水城的楼！”

呼延飞抬起头来。这句话，伤到痛处了。

来客乘胜追击，说：“购房价，租价，全部优惠，算下来比桥北贵不了多少。这信息现在知道的人不多，你是被选中的少数幸运儿之一，为了‘示范效应’。”

来客忽然诡秘一笑，说：“快要建社区医院了，真是个机遇，离开榨干人的私家诊所，得到一份正式工作，白天上班跟太阳同步，晚上交女朋友，一起吃甜品看电影，然后，做爱。”

“小兄弟，你刚才也说了，人身难得。”

利爪掐住脖子。他心头猛然一震，低头盯着合同，忍不住认真研究起来。他怨恨自己，为什么总是有求于别人有求于这个世界？他心底就那几根弦，都被人一根一根地摸到了，缓慢而用力地拨着。

长夜被一道强光照亮。

来客说：“只要这边的房子住不满，墙就不会拆。墙是一个高超的创意，维持应有的秩序，驱赶人群，就像把鸡从笼子里往外撵。等这边住满，再等上几年，迟早也轮得到桥北发达。大学毕业生，工厂管理人员，公司白领，都会涌进来。”

来客往门口踱步，高深莫测地说：“这是哲学，不是手段。这是道，不是术，不是奇技淫巧。”

呼延飞没有马上点头，然而他又比谁都清楚，此事已无法逆转。他只是希望，撤退能稍显体面一些，他艰难地说：“我，再考虑，考虑一

下吧。”

他的人生中已多次错失良机。他也经常被噩梦惊醒，梦见自己被甩脱，又被黏稠的液体粘在原地，怎么追也追不上了。

来客宛若黄昏时淡淡的云霭，倏忽即逝。

他趴在桌上睡着了，来接班的同事叫醒他。并不是一场梦，那两页纸就在眼前，洁白轻盈，像两片翅膀，在阳光的照射下接近透明。

今天早晨，他依然来到墙边转悠。一直等到九点半，小伙子都没出现，显然在痛失一件羽绒服之后小伙子也学精了。这面簇新的墙迅速被大家淡忘，行人急匆匆走过，不值一顾。

始终没有人翻过来，呼延飞的内心似乎得到了某种保证。假如拒绝长衫男子提供的幸运，要逾越的东西太多了，示弱多舒服啊，他愿意跟那股神秘而不可抗拒的力量和解。这天他睡得倒踏实，一直睡到日暮时分。

夜里，广场恢复往日的繁闹，人们聊天、跳舞、锻炼身体，安于绕路而行，摩的生意也应运而生。几天前的愤怒已然消失殆尽，几天前还觉得比天还大的难题就这样解决了，轻轻巧巧地解决了。

呼延飞来到诊所，穿上白大褂，取出合同，签下自己的名字：呼延飞。诱惑没有到来时，豪言壮语总是很容易说出口。当它离你足够近时，你就知道这里头的好了。

是的，水城的楼。还有，水城朗朗的白日。

午夜时分他把合同别在门栅栏上，他以为这种方式多少能挽回一点儿颜面。他锁上诊所的门，准备夜游铁家村。今晚，他不在乎老板是否会突击查岗，老板及老板的家人都曾假扮病号，装模作样地在电话里向他咨询。

他也曾是铁家村的一名租客，跟一对情侣合租一套房子。后来通天桥竣工，桥北的房子迅速形成规模，他终于摆脱了合租生活，来到桥北购置了一套单身公寓。越来越多的人向北流动，享用着桥北低廉的房子，同时享用桥南的诊所、银行、学校、茶餐厅、大超市。

再往前走就是铁家祠堂，一个供铁家人追溯生命源头的地方。祠堂临水而建，通体青灰，那青灰色已沉到砖瓦的肌理中去了，散发出历经岁月、上了年纪的沉静气度。祠堂的体式古朴端方，具备真正的经典品格，一股正大庄严之气在夜色里慢慢晕散着。

在水边他遇见长衫男人。男人手里拿着那份合同，一见到他，就体贴地藏到袖子里。

男人说："小伙子，别怪我，我不是本地人，我也是个打工的。你就叫我乌先生吧。"

呼延飞大概也能猜出来，男人是个书生，扮演着师爷幕僚之类的角色。呼延飞只在巷口宣传栏的照片上见过村庄真正的有力人物，一个五十多岁的男子，名字叫铁佛金。

男人接着说："也别怪自己，药太苦，我们都需要送药的那颗糖。"

呼延飞点点头，他仍感到羞耻，他曾梦想成为一个坚定高贵的人。他寻思着，之所以被"选中"，或许还另有一层深意，他这样的人，总会不出意外地格外软弱吗?

男人望着远处的通天河，低声自语："千钧得船则浮，锱铢失船则沉，非千钧轻锱铢重也，有势之与无势也。"

呼延飞问："乌先生你说什么？"

男人摆摆手，说："前年我查出来患了癌症，为了饿死癌细胞只喝番薯叶汁，一天三顿地喝。"月色中，他的皮肤隐隐透出惨然的冷绿色。

呼延飞说："重要的是你活下来了。"

男人凄苦一笑，朗声道："子曰，凤鸟不至，河不出图，吾已矣夫！"

两个人互相看着对方，他们似乎都是作为某种介质和素材而存在着的。

男人说："有些事情必须要等，那堵墙会自动消失的。"

两人的目光同时落在"铁氏宗祠"几个大字上。这是一个完整的村庄，一家人、一族人生活在一起，祖祖辈辈生活在一起。

呼延飞仰视祠堂："他们踩对了点儿，他们拥有资本，他们还拥有一个共同的祖宗，共享一段光荣的历史。"实在太强大了，他确乎感受到某种意志的存在。

男人说："你姓呼延？是匈奴后裔？"

呼延飞摇摇头，说："我们那村子早不修家谱了，老辈人也说不清楚。亲戚们天涯海角地谋生活，没出五服就不走了，见了面互相不认识，叫不上名字来。"说着说着，眼眶里跌出热热的眼泪，他从未像今晚这般想念父母，渴望听到他们的声音，梦想跟他们生活在同一个居民区里，每天晚上能坐在一起热乎乎地吃顿饭该有多好。

男人叹息着，叹息声恍若从身体深处的裂缝中传来，他说："小兄弟，还有事情等我去摆平，很快你就会发现，你总算能占上先机了，你的选择没有错。”

他目送长衫男人慢慢消失在夜色里。他仔细回味男人的话，那堵墙会自动消失的。他突然感到很厌倦，想卸掉所有让他感到沉重的东西，任凭心里空无一物，任凭自己像轻烟一样被风吹散。

天色放亮，又一个早晨到来了，是一个跟过去做完切割的早晨。呼延飞没有上桥，没有再等待什么，也没有再为什么而感到遗憾。

月光下

我在哪里，现在什么时候，闹钟响是为了什么？被闹铃唤醒后的三连问。几秒钟后，意识清醒，身体立刻从床垫上弹起来。

镜子里的面孔有些陌生。记不清有多久没有认真照镜子了，只偶尔就着手机屏幕，瞥自己两眼罢了。把打结的头发梳开，裙子穿上又脱下，来来回回折腾好几次，在黑色、白色、天蓝色之中，我放弃了更有朝气的天蓝色，选择了稳妥的黑色。

这是南方最舒服的季节，不冷不热，风和阳光清清爽爽的。借着路边的玻璃门，我悄悄打量自己，发型衣着都过得去，心情虽忐忑，也还藏得住。想一想，像上辈子的事了，现在的她，到底会变成什么样子呢？

不出所料的缘起，先是春节前夕，我们被拉到一个叫“相亲相爱一家人”的群里，说是一家人，其实有见过的也有没见过的。大家亲热地互致问候，发养生谣言和珍藏的表情，“晓茹”两个字出现时，我心跳加快。真不敢相信，她居然也在。生怕她又不见了，想赶紧加上她，临到最后却没把消息敲出来。时间露出一个小豁口，旧事一幕幕涌出来，都这么多年了，还要继续用沉默表达对她的责怪吗？想起那场梦，在梦中的小城白事上，我一眼认出她来，她远远地站在幔帐边，目光交汇的时候，她嘴唇动了动，好像有话对我说。犹豫半天，等我下定了决心去找她，她已经离开了。

群里热闹了一阵子，几轮热络的网络走亲戚后，气氛凉下来，因为并不真正生活在一起，曾消失在时间里的人换种方式又消失在虚幻的空间里。有时我会猛然一惊，以为她退出了，赶紧点进去看看，见她还在，就松了一口气。我了解她过去的坎坷和挫折，她现在的日子也未必有多好，如果是我，丢不起人，早就自绝于家族，干脆让自己永远消失了。迟疑和猜度中，日子像上了釉，一天天滑过去。

直到她主动加上我，说："刘亚，我也在深圳。"

约了几次，不是她没空就是我不巧，或者也可以说，总有一个人没准备好，托辞逃脱了。大半年之后，终于定下来时间地点，人物是我和她，刘亚和李晓茹。

她到得比我早。隔着窗子端详她的侧影，利落的短发，干净的墨绿色针织衫，背是挺直纤瘦的，我心里踏实了些。快步走向她，她应声转过头来，在这个时空里，她依然记得我的脚步声，有一个瞬间我像坠入昏暗的深海，四周是真空般的寂静。

"小姨，你有白头发了。"这句话脱口而出，暗地里埋怨自己不会说话，随之却发现，我俩耸起的肩膀都松开了。

六角托盘擎过来两杯茶，透明杯子里绿阴阴的，薄片正舒展成嫩叶，有的芽头朝上，立于水中，有的缓缓落下，躺在杯底。她倒吸一口气，赞叹着好看，一边却说，不用来这类地方，在哪里说话不是说。这类地方，大概就是指四季恒温、落地窗通透、植物和美器环绕的玻璃屋。人们吃完饭喜欢再找个地方喝东西，坐进被设计的空间里，也坐进被设计的生活里。

她还那么爱美，拿起手机拍杯中碧色，我趁机细看她的样子。头顶长白发了，眉心纹刻着深深的竖纹，但比起同龄人来她仍显得年轻。很多这个岁数的人，头发往脑后梳，稀疏得几乎能数得清，还有一具沉甸甸的身体，穿什么衣服都紧绷在肚子那里。不光是体态的年轻感，她精神头看上去也不错。难说呢，这会不会是一种调动和伪装，我不也挣扎着出了门，在没有快乐激素分泌的情况下调控出快乐和积极来，只是临出门的时候，放下刘海遮住了眼睛，于是我去寻找她的眼睛，眼睛可骗不了人。她的眼睛并不黯淡，眼神里充满对此刻和未来的热情。

几棵散尾葵，几株马醉木，室内就幻化出一片清新的小森林，看多了，也觉得不过是一种崭新的流俗。她看看四周，说："我住宿舍，连个坐的地方都没有，不然就叫你过去了。"我低下头，喉咙一阵发紧，知道她想认认我家的门，但久居城市已不适应具有速度感的亲昵，哪怕我们曾经那么熟悉，哪怕今天看她一眼我就听见心底的声音，如之前的某个人生阶段，现在的我也需要她。

她座位旁站着一棵高高的琴叶榕，小提琴形状的叶片掩映着她的脸。过往的这些年，她的脸时时浮现出来，总在一个金黄色的场景里，四月的河边，大片连翘开花了，长长的花枝伸向空中，她站在满缀金黄小花的枝条间。

我和她像两棵水草，一高一矮地生在河边。同伴们是几棵杏树、成片的连翘，还有荠菜、野茼蒿、蒲公英和马齿苋，爬满斜坡，向着远处蔓延。家在河的另一边，种着香椿和月季的小院落，安然待在一排平房中。黄昏时分，我们爬上河沿准备回家，才发现裤脚上沾满了苍耳。

我是她的小跟班，她是为我摘苍耳的人。

我曾为我妈感到些许遗憾，老天爷偏心，李晓茹才是姐妹中长得好看的那一个。有她在，我眼睛挪不开，偷偷盯着她看，仰慕她俏丽的单眼皮和飞扬的长眉，还有月光一般的皮肤。一度不知怎么形容那细白若有光的皮肤，比雪色柔和，比奶脂透亮，直到那个月夜，我分不清楚了，月光是从天上落下来的，还是从她脸上轻轻荡漾出来的。

我和她年龄相差十几岁，辈分上她高我一辈，我们却亲密得更像姐妹。父母白天上班，我又是独生子女，却从来不知道什么叫孤独。有一段日子，沉迷于扮古装美女，头发里插上自制珠钗，披着曳地的毛巾被，端起胳膊走来走去，她就配合我，演小姐丫鬟什么的。还拓展出大侠系列的新剧情，一人执纸扇，一人持木棍充作的剑，挥舞，发功，从高处往下跳。她手巧，会编各式辫子，在我头顶两侧扎两个高马尾，再盘起来，戴上蓬蓬的头花，我定睛细看，马上宣布这是全天下最美的造型了。要知道，比我大几岁的孩子都嫌弃我，她不会。

杏烟河是我俩的嬉游之地。在那里，你知晓四季是怎么到来和退出的。月光下，杏树枝根根分明，投在地上的影子也是瘦的，疏疏淡淡干净的几笔，忽如一夜，水边堆满热闹的花影，抬头一看，干枯的树枝上冒出密密的杏花，酸胀的春天舒畅了。接着，白天长了，细细窄窄的河流变宽了，充足的光照中，树叶的绿厚了一层，又厚了一层，蝉声在浓绿中突然静默又骤然响起，她喜欢说：“一大早天就这么蓝，中午得热成什么样！”当河边的色彩变得丰富，夏天就过渡到了秋天，毛衣上的静电起得噼里啪啦的。到了深秋时节，河水分外沉静，风掠过，几朵云从水里浮起来。我们用纸片叠小船和飞机，任由它们随水流走，我们百无聊赖地躺着，看到英俊的狼狗把吃不完的骨头埋进土里，然后永远地忘记了。

那晚浩浩的月光在河面上晃荡，月下求偶的青蛙发出高亢的叫声，我抬头看到朗照的月亮，突然觉得它待在空旷的天上那么孤单。小姨扭捏一晚上，像是忍不住了，凑到我耳边扔下一句话："我处对象了。"我一愣，隐约知道有过几个人追求她，半真半假的，她并不理睬。"正式对象吗？是谁是谁？"回过神来，我巴住她的肩膀，迫切地想探听更多。

她害羞起来，枕在一丛没抽穗的车前草上，后背对着我。我被吊得难受，假意说先走，她又靠过来，说两句，收回去半句，像河面上忽闪忽闪的月光。她的脸时而化进夜色，时而从黑暗中浮现，分不清楚了，月光是从天上落下来的，还是从她脸上轻轻荡漾出来的。

听着听着，我浑身发烫，同时感到一股庄严的气息四下弥漫。没等她说完，已感觉自己重要了起来，我是被信任的人，第一个知道这件事的人，一定要守护好秘密。我捂住胸口，调匀呼吸，也想说点什么以回报她的信任，可惜我连小学都还没上，除了从我妈兜里偷过几块钱之外，再没有更重大的秘密了。

她接着吐露，已互赠了照片，从口袋里把照片捏出来。我举高照片，月光拨开了黑暗。照片上的人侧身站立，手一上一下抓着衣领，衣领上头，是平凡如你我的一张面孔。

"啊"了一半，惊疑的感叹未成形，完整的失望在心底悄然升起，嗐，怎么就跟他好上了。转念一想，这个人能让她脸上放光幸福成这般模样，又不由地亲近起他来。毕竟，姥爷就不说了，添了心病，总想着给待业的她找事干，连我爸妈都发愁，复读再次落榜，前程在哪里呢。她说：“他就像世上另外一个我，我们有很多共同点，都闻不了芫荽味，都爱吃饺子皮，不爱吃饺子馅儿。”我说：“那饺子馅儿怎么办？”她跟我打闹起来。我心里为她高兴，生活还将继续下去，大好的日子在等着她。以前，人们总虚言着她的未来，她长着修长匀称的四肢，据说适合当运动员，怎么才能当上运动员，没有人知道，连她自己也不上心，都是说说罢了。

过了两个月，侯南南骑着自行车在河堤上疾驰而过，后座上坐着她，大梁上坐着我。侯南南穿运动裤和黑皮鞋，跟小姨差不多高。之后他不穿皮鞋了，比小姨矮一点。他下了班也加入到夜晚的嬉游，月光勾勒出一条小路，小路带我们至树林的深处。几个人一起摸爬爬，摸到便塞进罐头瓶里，运气好的时候能有满满一瓶呢。遇上正脱壳的，我们就凑在一起看，在手电筒的光束下，爬爬背部裂开一道缝，蜕出来淡绿色的翅膀和几近透明的新身体。更多的时候是游荡，走着走着来到河边，我俩坐地上，他找棵树倚上去，歪着头讲故事，有心让我们觉得他很厉害，他也会勇敢地驱赶爬过来的臭大姐，我别过脸去偷笑，觉得成年人也挺好玩的。我忘了他俩还年轻，散漫游乐之后，脸上也有一闪而过的不甘和茫然。

刚上小学的那两年，我跟她见面少了。原来人生是一段接着一段的，好像一下子，我们就走进了各自的新生活。我交上年龄相仿的朋友，也体会到微小却灼人的痛苦，具体来说，是同桌总用胳膊肘挤我，我的领地只剩一窄溜了。

我们再遇见，刚开始会有点生疏，很快又亲近起来。她读书不行，一用功就偏头疼，还神经衰弱，姥爷给她用气功治过，但她最喜欢给我买课外书，叮嘱我好好上学。我还怀着念想，经过短暂的冷淡期之后，我们还会像以前一样好。

事实上，我们再也没有像以前那么亲密。有时，我会想起杏烟河的河水，日日夜夜往前流，没人知道它流到哪里去了。

还是在亲戚家，影影绰绰地听说，她哭闹几场，到底把婚订了。这之后，一个傍晚，她把我从家里叫出来。她清瘦了些，脸颊微微凹陷，太阳穴边游动着细细的蓝色血管，那时我不懂，爱上一个人，异样的光彩和骇人的憔悴交替出现，爱情既制造多巴胺也令人忧愁脆弱。她往我手心里放了一样东西，我以为是啥稀罕物，一看不过是塑料发夹。注意到她热切的眼神，我装出惊喜的样子来。就在那天，我第一次感觉到，是她依恋我多一点。暮色中，我们沿着被太阳晒热的小路走向河边，她的裙子沙沙作响，像雨正落下来，又像风掀动满地的落叶。

我们并排躺在河边，风吹在身上，是可以用身体感知到，也能从树冠和水面上看出来的那种风。睁开眼睛，迎过来的不是残编断简的天空，是一整块向着无尽，从容铺展开来的蓝。

“站在高处往下看，这片街区像不像一个巨大的竖琴？”我问她。

她摇摇头：“我哪见过竖琴，这块地方也不熟。”

其实我也觉得不像。只是愿意对居住之地生出浪漫想象，取空中视角把偌大的城市想象成无数个竖琴的阵列，那真称得上壮丽了。拉开足够远的距离向下俯视，高瘦颀长的建筑物仿若细细的琴弦，琴弦间，长满了树木和街道。

我说："那你觉不觉得，深圳是站立着的？"

她笑了："这样一说就懂了，可不是嘛，咱们那里是横躺着的。"

我想起多年前熟悉的景象，天高地平的黄泛冲击区，连绵成片的低矮房子和城郊安静平整的田野。听到她补充了一句，"现在也算半蹲了"。

"哪有什么是不变的，天际线也未定型，只是变化慢一点。"我说。

在几幅剪影画里，我能准确地把生活之地认出来，我熟悉它目前的线条和高度，这让我感到踏实，以及片刻的确定。毕竟，多少以为会永远在一起的人，一恍神就不见了。连坐在这里喝口茶，窗外的云彩来了又走，都变幻了好几回。

她说："你长大了，我是变老了。"我看着她："小姨你哪里老，气色比我强。"她笑笑："心劲儿还没老。"很多年过去了，她无意于站在另一个角度重述那件事，以完成自我辩解，但一年又一年的，那根刺正渐渐融化在我自己所经受的生活中。

我注意到，她拿起纸巾把桌上的水渍抹干净，没有水渍也来回抹，这或许是过往从事某个职业的印记。她说这些年奔走多地，最早做保洁，后面学古法经络，专治亚健康，也做过老板的住家保姆，麻利干活，其他时候笨笨的就行，雇主要管理不想走太近，就注意保持距离，包吃住挺好，手里一直有活钱，只是跟坐牢一样不自在，半年就辞掉了。我问她现在靠什么吃饭，她说，前些年开始做育婴和产后康复，就是伺候月子，熬夜免不了的。

我点点头，大体明白了。在各个年龄段女性大多都讨厌被叫成阿姨的时代，她从事着可以笼统地被称为阿姨的各种工作。珠三角和长三角流动的中老年女性，善解社会和家庭之烦忧，亦专于藏匿和退场，她们无比重要却能随时隐形，就这样凭着勤劳与智慧过活了下去。她说，城市人需要什么她就学什么，说不上人们忽然开始信什么，不求稳定，跟着市场一直都在变呢。

是呀，她没工夫往回看，只拥有现在。她说："跟你妈一直有联系，她刚得心脏病那年我回去看她，问起你来，说早出来上班了。"她等着我也说点什么。到底在外生活多年，自觉遵守新礼节，不打听私事，夹着小心不毁掉这次相会。可她的眼神是急切的，是与比较和窥探无关的，单纯地想知道我过得好不好。

攒了很多话想对她说，又怕表现出过了火的熟络，毕竟我们在彼此的生活中失踪已久。瞅瞅周围，人越来越多，闹哄哄的，有几个姑娘站着四处看，侦查员般等一个座。我们左边那桌谈上市大生意的，嘴里不断说出来的名字很唬人。右边一个戴哈利·波特圆眼镜、穿宽大卫衣的小男孩，到了就摊开一本书，半天没翻一页，也许是做样子。更远的地方，看得见风景的窗子边，坐着的人像两对夫妻，关系没好到在家里聚餐的亲密程度，选在外头聊天倒也自在。

我和她曾共享大好月色，共享一段充满情味的日子，呼朋引伴，形影不离，以为会一辈子这样好下去。那时，我瘦得撩起衣服能看到一根根清晰的肋骨，此刻，我正处在跟发胖、网瘾、职业低谷、焦虑型购物搏斗的人生阶段，睡前辗转，杂念如潮，醒来的一刹那，身体像刚晒干的直挺挺的旧毛巾。家里也越来越狭小，万恶的满减和凑单造成了囤积，有时竟担心自己被各式各样的纸巾吞没掉。

胆怯如我，不敢把上一任房主贴在房间里的平安符撕掉，任由它在那里继续庇佑着房子和生活。枕头已发黄，标签也看不清了，我没有勇气换成新的，害怕再买不到这么舒服的枕头了，我还居然开始穿红色带福字的袜子。

然而，表面上我已刀枪不入，老练地坐下来，双肩包卸一边，不与人对视，顺滑地戴上一副现代的表情，不在场，无牵绊。最初还觉得心惊，满地的幽灵，熙攘又冷清，原来不光我爸在家中幽灵一般存在着。单位大楼，综合体，地铁车厢，各个空间漂浮着的，是谁都不在乎谁、互相不感兴趣的眼神，空气里满满的，是自恋和防御。

有些时刻，发现月亮竟行至窗前，先是一怔，接着心底涌上来模糊的旧事。我到底也跟它疏远了。世界隐没于黑暗时，它就会显现出来，在天空一角沉默地缺损和圆满，寂然中，移动潮水，譬喻悲欢，让人在不经意看见它的一瞬间，出一会儿神，有所思，有所想。

她淡淡地说："身体总有吃不消的一天，接下来打算学含金量高的技术，考个通乳师的证。你念书多，帮着参谋下。"我说："你看好的，保准行。"她说："也不是什么正经证书，图个安心，有总比没有强。"我想起过往时光里她跨过去的那一道道坎，忽然就觉得，一切并没有那么可怖。捋捋刘海，从哪里开始说起呢，就从家里的三个人开始说吧。

"家里还有三个人，跟我一起住。"

"这么多人？"她惊讶地看着我，手里的动作停下来。

先说说名字，等着再见面，他们是李榕添、周细龙和董娟玉。

"赶快去通知晓茹，这是最后一面。"我得令，跨上自行车，头也不回地冲进黑夜。脚蹬得飞快，耳边只有呼呼风声，屁股都离开了车座。这之前，我妈打了几通电话，是忙音。我提醒她，小姨家的电话早停机了。

小姨熟食店的生意一度兴隆，她羡慕我家有电话，挣到钱先把电话装上，也是一圈数字转盘，话筒在上方而不是一侧的电话机，现在人们眼中的老式复古款。她打电话喊我去玩，声音里有按捺不住的激动，一并顺着线路传送过来。她在娘家时下水就卤得好，成家后靠手艺开起一家小店，卖卤味和炸货，记得开张那天我可高兴了，满心盼着她过得富，富得流油才好。之后我去她店里玩过几次，有一次，她拿出半块亮红的卤猪耳，一边切一边没头没脑地说："侯南南又把内增高皮鞋拿出来穿了。"我回忆起当年他穿运动裤配黑皮鞋的样子，有些惶惑："鞋是带增高的？"她接着说："皮鞋在床箱里放了好多年，扒出来一看都长绿毛了，他擦了好几遍鞋油。"我随便应着，哪里等得及，拈起案板上的猪耳就吃，感受那又脆又软糯的奇妙口感，她用围裙擦擦手，叹口气，又说别的去了。

我快升初中时，她给我买了一身大红色运动服，专门送过来。那个年龄的我，沉默，敏感，正是从心灵到身体都别别扭扭的时候，僵硬地接过衣服，也没说声谢谢。我偶然看她一眼，忽然觉出来她老了，眼神呆滞，手脚迟钝，头发披下来，用我妈的话说是跟疯子一样。她身上散发出一股哈喇油气，白袖套也很脏。接着就听说，她做的熟食味道大不如前，心思没放在上头。小生意靠街坊回头客，人家买到发臭的食物，上一回当决不再买，口碑丢了，小店就在恶性循环中半死不活了。又陆续听到一些愤慨的对话，大意是她抠姥爷的退休金，她开始到处借钱了，反复听见的是"救急不救穷"这句话。有些话压低了声音说，听得并不真切，知道不是什么好话，我不喜欢别人背后这么议论她，想到她不知受了多少冷眼，心里会猛然疼一下。

但我跟其他人一样，有点躲着她了。

路灯头上跟着一团团蚊蚋，灯光勉强漏下来一点。一块砖躺在路中间，发现时已来不及，车子一踉跄，把我颠了下来。坐在地上揉膝盖，心里说不出来的怕，抬头看见半个月亮，正努力发出微弱的光。我想起过往的日子，想起河边夜晚的月光，有时是银质的月光，叮叮当当清脆地掉落，有时是磨了毛的月光，带一层细密的短绒，可软软地披在身上。我站起来，扶稳车子，继续往前走。

远远地看见一星点儿暖黄，渐渐晕开了，变大了，接着，黑夜中显现出一个黄盒子，方方正正的，盒子里头就是她的小店。一间面对街道的偏房，墙壁上开了一扇窗，灯光从窗子里透出来。我丢下车子，冲小窗里喊，无人回应。大门敞着，我冲进院子，箭头一般楔入一片凝固的黑暗。

那一刻我太着急，顾不上其他的，在一遍遍的回忆中，孤寂和无望缓缓从那个画面中漫出来，她和她的影子相对而坐，身后是黑沉沉的夜。

院子里没开灯，只有轻烟薄雾的月光，渺渺地照着，她坐在小凳子上，也坐在能藏住人的暗影里，她身旁有个煤球炉子，炉子上白铝壶咕嘟咕嘟烧着水。

“快走快走，姥爷不行了。”我呼哧呼哧喘气，边说边往外跑，天都快塌下来了，恨不能马上拽着她飞回家去。身后竟没有动静，我停住脚步，转过头去。后来很长一段时间里，我都忘不了她的表情和她的话。

她摇晃着站起来，又坐下去，她说：“等我把这壶水烧开了。”

我在她制造的真空中窒息了，全身不能动，也说不出一句话来。只迷迷糊糊感觉到，不知哪里裂开一个大口子，轰隆隆地，涌出来一些我还无法理解和辨别的东西。

没等我回过神来，她抓起壶把，把水壶扔在地下，哐当一声，溅了一地的水。

两辆自行车慌张地蹿出去。黑夜里，传来齿轮和链子猛烈摩擦的声音，还有急促的呼吸声。我和她之间多了一个秘密，一个真正的秘密，我相信自己永远不会说出去。

路穿过小城，在小城的边缘地带突然终止，我穿过一道暗门，却赶紧捂住眼睛。双手颤抖，泪水冰凉，车子驮着我进入虚焦的前方。那时候我不知道，眼泪到底为何而流。我被一股太过复杂的情感淹没，熟悉的世界露出更深也更幽暗的那个部分，我不愿正视，也无法说出它们。

接下来的守灵，我哪肯理她，不光是愤怒，还有一些沉重的东西压得人透不过气来。冗长的葬礼进行到众人齐嚎只出声不掉泪的阶段，只有她这个小女儿低着头，没声音，有眼泪。

也许，这并不是我最后一次见到她。中考那年，消息乱飞，传她离了婚，带着小孩走了。事后孔明说活该，厚道些的说认命。我硬起心肠，没找我妈详细问，想起小表妹来却很伤感，在他们家还有钱的时候，送表妹学过一阵电子琴呢。传闻渐渐消散，大人们那么忙，闲话也捡最热乎的说。

中考后，我知道自己能考上有书念，长假走到跟前了，不争气地，想念起她来。骑着车子一次次从她家门口过，盼着正赶上她往外走，我们就相遇了。相遇并未发生，我推着车子站在门口，不知这里还是不是她的家，两扇大门紧闭，小店的窗户被报纸糊死，只有那棵高大的柿子树，叶子枉自绿着，长长的树枝伸到院子外面来。

下午，我习惯性地来到河边，独自坐在泡桐树的阴影里。还记得，她曾把满含花蜜、淡紫色的泡桐花用线串起来，给我做了一条项链。只要听到一阵脚步声，我就赶紧回头，幻想她像以前一样突然出现在我身后。孙国梁喊我时，我吓了一跳，转头看到他站在树荫下，我注意到老同学嘴上长出淡淡的胡须，车筐里放着刚租来的一摞武侠小说。他嚷嚷道：“城西来了个马戏班，有个演飞天的女的，都说是你姨。”“我不信，什么飞天，别瞎说。”嘴上说不信，孙国梁一走，我立马蹬上车子往城西赶。

我骑过城区，骑过菜地和汽车站，骑过了一个完整的黄昏。夜色里，一座亮着彩灯的圆形大棚出现了，数根立柱撑起红白条纹的篷布，棚子门口放着两个黑色大音响，还有几辆卡车停在树林旁的空地上。我买票进去，找靠前的位置坐下，等着座满开演。

穿绸袄的猴子倒骑在山羊背上，山羊迈着艺伎碎步走到舞台中央，观众哄笑，吹口哨，我只觉得猴子的眼神很悲伤。接下来是爬杆和铁笼飞车，惊叹声一波波涌向棚顶。我看不进去，像个局外人，木然坐在座位上。终于，顶花坛的壮汉下场，几个闪闪发光的女演员走上来，她们的身体裹在艳丽的色彩中，翠绿，玫红，宝蓝，金黄，腰间缀满粼粼的亮片，收紧的裤脚上飘着几朵云纹。报幕声响起，预告绸吊表演开始，长长的绸子从顶棚上垂落下来，不可思议的一幕就要出现了。女演员们单手挽住绸子，像画圈一样走步，越走越快，我还没反应过来，她们已飞在半空中了。我紧盯舞台，眼睛都没眨，不知道她们怎么就飞起来了。她们优美地旋转，双腿仍在空中有节奏地摆动，像蹬踩着肉眼看不见的阶梯。她们化同样的妆，四肢都很纤长，我心里着急，哪个是她，她到底在不在半空中。顶棚上的频闪灯像是坏了，光束呜呜咽咽的，舞台的热闹与繁华里平

添了几丝荒凉，到最后，我就把那个遍体金黄的人当成她了。

黄昏的几缕阳光斜照进来，把人的影子投到远处的地板上。她从包里拿出一板药，摁住药片顶开铝箔。我给她要来一杯清水，她仰起脖子吞下药，没多说什么。我知道，她这个年纪的人大抵是受着一种或几种慢性病折磨的。

“李榕添是衣柜，周细龙是餐桌，董娟玉是电脑。我给衣柜、餐桌和电脑都起了名字。”我说。

她睁大眼睛，嘴唇抖动，复又平静下来，抓住我的手握一握。她说：“刘亚，没什么，不过是平常事。”她顿了顿，“记得家北窗下的那棵石榴树吗？有那么几年，我叫它刘亚。”

要用眼睛看别人，此时我用眼睛看着她，她也一样，我们的视线坦然相接。不能哭出来，我找的理由是，这里人太多。但有件事情我打定主意，不计较了，我先来。我知道，她拐着弯地打听我，她同样知道，我总引导别人多聊聊她，几个月过去，在暴雨接连不断的夏天，谁也不往前挪一步，显然都在保护自己。长夜里我暗下决心，睁开眼却看到世故退却，好像这才是生活精粹出来的正当反应，而主动表露感情是何其不明智的行为。

茶已经放凉。她站起来，说沙发窝得人难受，出去溜达溜达。我跟着她往外走，像一下子回到了多年前。这一刻，我辨认出胸口突然涌上来的热流是什么，是庆幸，庆幸在我能理解更复杂的人世时，还有机会跟她相见。

推开门，尚未汇入到人流中，我们像被什么撞了一下。不知道哪条街的桂花开了，金桂的香那么重，风都吹不动，空气变得很稠密，站在里面，蓦地就被花香染了一身。不似幽冷的兰花香，飘飘忽忽，闪躲着什么，桂香浓郁，强烈，无所保留地让空气达到饱和状态，香味像凝结成一滴滴水珠般，落得到处都是。

她深吸一口气："听说这两年家里也开始堵车，真不敢想了。可惜过年还回不去，月子订单排到了春节后。"我马上说："忙你的事业。"她摇摇头："哪有什么事业，吃口饭罢了。"我说："今年我能休假，你记挂谁，我替你回去看看，多拍几张合影发给你。"她笑了，说："这个哪能替。"

洒水车缓缓走过，喷出的水流落在路面和一旁的绿化带上。她指着前方，说："快看快看。"我循着她的视线，看见一道小小的彩虹，阳光和水滴造就了它，缺了小半边，照样梦幻鲜艳，在空中抛出优美的弧度。

饭店门口的台子上放着菜牌，她拿起来翻看几页，大大方方放下，往前走出去一段路才对我说，钱不是这样花的。她说多年来有强制储蓄的习惯，备着应急和养老。我想象着，再过十年，即使她头发全白了，也跟那些老去的电影演员一样，是一头优雅蓬松的白发。

她问："家里能做饭吗？"我点点头："能做，就是东西不全，不太像话。"她试探着："要不去家里看看？"我想起那个进门堵着一堆鞋子的住处，毫不犹豫地说："当然可以。"

小直升机般的蜻蜓悬停在灌木丛上，鸟挥动翅膀起飞，雪白的肚腹和金属光泽的尾羽在空中一闪而逝，剩一缕鸟鸣还飘在半空中。街道转角处的烘焙店很火爆，坐满了被公众号准确引流到店里的顾客。再往前走，路边是一家瑜伽馆，高高的玻璃窗里，两排女士一排男士在导师的带领下，时而脖子后仰下巴上扬，集体化作眼镜蛇，时而手臂伸直前胸贴地，集体变成正在舒展身体的猫，练习柔软，尝试自然，学会放松，一点点把属于人类的压力释放出来。我暗想，老板可千万别跑路，得让浑身硬邦邦的人有个地方去。

橘红的月亮出现在天地相接的地方，天一黑，它就蹑足而上，越过树梢，步入深蓝色的天幕。像往常那些日子一样，它散射出母系的、心智成熟又充满感情的光，安抚夜空，慰藉人世。

我跟随她拐进旁边的小超市，她问："现在爱吃什么？"我说："你做的都好吃。"她在货架上细细挑选，把散落的白菜、豆腐、五花肉归拢到一起。她一抬头，像突然发现了什么，声音里透出欣喜："刘亚你比我高了。""回去了。"我拎起袋子，挽住她的胳膊，往灯火更深处走去。

我想要的一天

1

戈壁里的路像一道蜡白色的凹痕，蜿蜒着伸向远方。路消失的地方就是玉门关。八月，麦思开着租来的车，沿着戈壁公路跑了两个钟头，来到这座著名的关塞。

除了颓圮的关楼，地面上空无一物。四野空寂，风横着刮过来。天地一阔大，风就起来了。

关楼早给风削去一大半，只剩黄胶泥层层夯实的基盘，孤绝奇异地存留下来。时间绵延不绝，它迟早也要被风剥蚀吹散。麦思心里空落落的，并没察觉到此行最重要的一个瞬间正在前方等候她。

从关楼残骸里出来，麦思无意中向北一瞥。只一眼，她就失了神，神魂像一缕轻烟，随着风，向北面飘过去。

大片大片凝固的苍黄中，世界忽地鲜艳了起来。她看到一条河，河边生长着雪白的芦苇和碧绿的青草。不知名的小花高低错落，风一吹，就有了生动的姿态。水鸟伶仃的细脚，轻盈地跃过水洼。河流丰美自足，流淌于坍塌的古长城一侧。

这是把人从现实拉向梦境的一幕，沙棘、骆驼刺和黄沙统驭的荒漠，突如其来的意外的绮丽，湿地妩媚，草木葱茏。原来老天把一切安排得如此精妙。

硕大的夕阳在她身后缓缓沉降。

暮色从天空中跌落下来，周围一下子黑了，囫囵地黑了。麦思张开手指，似乎能触到板结成块的黑暗。

春莉的电话就是这时打进来的。

春莉说："我在深圳。"麦思问："你真这么做了？"春莉的声音很平静："是，三天全部办完。"

这不可能。麦思听到自己的心跳声，此情此景接到春莉的电话，似乎是冥冥中的天启神示。你不知道什么时候，命定的没有风景的人生里会流过一条梦幻的河流。

休假和旅行结束了。第二天晚上，麦思把行李往家里一丢就赶去酒店见春莉。大堂白亮的灯光下，麦思很用力地"认"，这才认出春莉。春莉的两腮发起来了，往外突，国字脸雏形初现，这是女性不再柔软娇嫩的标志之一。麦思拉着春莉的手，意识到自己也老了。人都是看不到自己的，什么时候看到一起长大的伙伴，觉察出她们的老，才知道了自己的老。

循例先回忆。回忆起那个难熬的夜晚，依然唏嘘感叹。那晚，她们得知翁美玲早已不在人世，共同经历了一个不眠之夜。回忆起2000年的欧洲杯，她们都热爱因扎吉，那个面庞清秀、气质癫狂的蓝衣前锋。激动地说着说着才猛然惊觉，她们都不知道因扎吉现在怎么样了。

眼看就要没话题，麦思提议："春莉，聊聊现在吧。"

春莉的眼睛湿漉漉的，她身体往前一送，说："接下来我想写点儿东西。"

麦思愣住了："写点儿东西？"

春莉点点头，她倚靠在狭长的过道里，双臂环抱，做作地，一字一句地说："我觉得这就是我的命运。"

麦思愕然地盯着春莉看，女孩儿堆里一贯平凡的春莉，大学读行政管理的春莉，周身没有多少书卷气的春莉，她能写出什么东西来？怕是中了邪吧。

麦思只记得春莉爱哭，从小就爱哭。看见水塘边单只的鸳鸯哭，看见小孩子皴着脸练杂技哭，小学五年级春游，春莉看到一个戴眼镜的男人刨地种庄稼也哭。就说前两年吧，她们几个开裆裤朋友约在北京小聚，吃海底捞火锅时，春莉见服务员弓着腰服务，就拼命眨眼把眼泪眨了回去，还低声说："他们不用这样的，不用这样的。"

然而，这仍然是一个毫无征兆且过于剧烈的转折，拐过去是什么，尚笼在烟里看不真切，麦思不能违心地表示期待，只好说"你试一下吧"。声音温和，既不热烈，也不冰冷。

回家的路上，麦思感到些许不安。这起事件所包蕴的浪漫化的成分正渐次褪却。她并不欢迎春莉异物侵体般的到来，即使春莉曾是她成长的一部分。麦思尤其反感春莉行为中透出的暴烈与危险，对麦思和她的爱人高羽来说，他们正处于努力说服自己接纳平凡的节点上，正要适应一个可能会延续很长时间的闷局，方方面面的寡淡和沉寂。

她渴求的是平稳、混沌、微妙的镂空，不是春风和火花。春莉像浑身带着电流的深海生物，像一种活跃的细菌，她让麦思回忆起自己也曾有过的挣扎，想到这里，麦思嫌恶地皱皱眉头。

客厅没开灯，书房里透出电脑屏幕的光。麦思打开灯，走进书房，问："今天打得怎么样？"

高羽说："打强队都赢了，二比一曼联，四比三切尔西，还有几个天才新星的经纪人跟我接触，商量下赛季的转会。"

麦思从后面搂住他的脖子，说："太厉害了！"

高羽转过头来，问道："对了，你朋友是叫春莉吧，来深圳旅游？"

麦思说："是呀，来旅游。"

春莉来深圳一星期了。

麦思的一星期在无知无觉中流逝。图书资料室里的年月，是"不知有汉，无论魏晋"，人迹罕至，幽寂无声，只有落在地板上的阳光缓慢移动。一排排书架静默地站立着，麦思在榆木书桌前一坐就是一天。她适应了这份寂寞而自由的工作，寂寞一旦适应了，自由一旦享受过，任凭什么肥缺美差皆可视若粪土。

而在"足球经理"游戏里，一周的时间，足以让高羽带领他的斯托克城队拿到英超冠军，并顺利闯进欧冠四分之一决赛。

周日，高羽有一场关键的淘汰赛要打，他钉在电脑前钻研战术。麦思独自来到口岸，准备奔赴香港铜锣湾的崇光百货。一到口岸麦思就浑身有劲儿，她感觉到自己的姿态，像热蒸汽，猝然扑锅的热蒸汽。每隔一段日子，麦思就想在崇光七楼游荡上一天，那里陈列着雕琢、繁复的家居精品：手工切割的水晶瓶塞，印着梵高画作的马克杯，散发出桉木和薄荷香味的蜡烛，优美纤长如天鹅脖颈的烛台架，珠贝镶边儿的上菜碟，珍珠肥润饱满，散发出浑厚的珠光。

离自助过境闸口只剩几米，手机持续振动，麦思看看号码，犹豫一下还是接了。

春莉偏偏在这一刻写出文章。“今天有空吗，我的散文……”她描述道，“是一篇风格独特的散文。”

春莉写出第一篇文章，这遏制了麦思对崇光七楼的满腔热望，她从过关的人流里撤出，赶往青年客栈。她等不及要看的，不光是文章，还有春莉的未来。

春莉缩缩脖子，笑容里有些怯意，她把打印稿压在麦思手上，说：“上学时你文笔就好，来，帮我把把关。”

第一句话，铅块儿一般拽着麦思的心往下沉：有些东西失去了，才知道它的美好。

这开头简直比所有的同学聚会“中产趴”都要滥俗。她放低期待往下读，发现是一篇回忆姥爷的文章，旧，老套，熟腻。

春莉热切地问：“怎么样？”

麦思不去看她的眼睛，说：“读着通顺，感觉还不错。”

春莉兴奋地扬扬眉，说：“不瞒你说，电脑里存了很多废稿，就这篇能拿出手来，这篇成，这篇到了发表水平，我自己有预感！”

春莉迷了。她迷上了一些东西。

麦思不知道说什么好，起身倒了一杯水，把水杯紧紧拿在手里。

两人不咸不淡聊了一会儿，等到快离开时，麦思问道：“春莉，你是请长假还是正式辞职？”

春莉说：“正式辞职。”

奇怪，一点儿慷慨悲壮的感觉都没有。麦思只觉得伤感沉重，愁绪像细蛛丝般网了下来，连窗外的日光都晦暗了。

麦思起身说：“春莉，我还有事，今天就不陪你了。”

麦思拐到一家茶馆枯坐一天，傍晚时恹恹地回到家里。高羽随口问了一句：“你同学还没走吗？”麦思装作没听见，扭身去了厨房，掩藏秘密让她有负罪感。当然，婚后至今，高羽也一直保有一个上锁的抽屉，而她像所有老练的妻子一样视而不见。

接下来的一个月，麦思去看过春莉几次，春莉不像初来时那么从容笃定了，有时深夜还打电话来倾诉，几句话翻来覆去说，麦思也只好耐着性子听。

这天麦思下了班，忽然又牵念起春莉来。不知不觉就来到酒店，她站在房间门口按门铃，春莉边开门边点头把她让进去。

春莉说：“老师，您认真看我的稿子了吗？”

春莉说：“您觉得我跟别人写的没有什么不一样吗？”

春莉说：“嗯，谢谢，谢谢。”

挂断电话，春莉用手指捏起一点儿眉心，来回搓捻。她的皮肤透着隔夜茶的颜色和气息，还是揿灭过一堆烟头的隔夜茶，衰败不洁。写作中的春莉看起来很不熨帖，皱巴巴的，像自己在揉搓自己。

麦思叹口气，宽慰道：“春莉，别着急，多试试，总会有人欣赏你的。”

春莉沉默半晌才说：“住旅馆每天有开销，住得心慌。房子看了几处都不合适，那种环境是没法写作的，我不想麻烦你……”

麦思知道春莉的脸皮有多薄，知道她多不想求人，麦思打断她：“不多说了，来我家吧。”

春莉羞惭地坐在床沿上，不住地重复一句话：“我会继续找房子的。”

到了小区停车场，春莉正要下车，麦思叫住她，正式向她摊牌。

麦思的表情变得很严肃，说道：“春莉，到了我家，别告诉高羽你之前做什么工作，也别说你辞职来深圳，写东西。”

春莉低下头，说：“躲在大城市写东西，你也觉得这事荒唐，是吧？”

“不荒唐，这里确实能让你躲起来。”麦思说。

春莉的身体抖了一下，说：“从准备离开到真的离开，你知道，我听到最多的一句话是什么？”

“你一定会后悔的。”

“现在想想还是觉得好玩，每个人都这么说，各式各样的嘴巴说出来同一句话。”

“你一定会后悔的。”

直到此刻，麦思才感觉厚厚的隔膜被冲破，她和春莉恢复了小时候的亲近。她能想象到那幅画面，无论平时多么愚蠢胆小的人，说出这句话的时候，脸上都焕发出睿智英明的光彩，都是老狐狸附身，三略六韬，掌握了绝对真理。

麦思说：“这也是我的梦魇，刚起个念头，这句话就会自动跳出来，全身都冷了。”

春莉红着眼圈，说："别人可以不搭理，最对不起的是父母。我爸说要跟我断绝关系，我妈什么都不说，就只是哭，边哭边一眼一眼地看我。"

麦思忽地抓住春莉的手，说："春莉，你听我说。"

春莉呆呆地看着麦思，她听到麦思大声说："我一直瞒着家里，实际上早内部调整了，我自己提出来的，从社会发展研究所调到资料室，已经两年。"

春莉问："家里不知道？"

麦思说："我远在深圳，给家里撒谎太容易了，我甚至可以伪造功名。我妈以为我在研究所，名头唬人，又是'写报告'又是研究'社会发展'，她挺欣慰的。"

春莉说："不管怎样你没有跨越界限。我是不是出界了？我应该按写好的剧本，一集一集地往下演。"

春莉突地明白过来："高羽，高羽也是有，有……"显然，春莉被这个词辖制太久，她露出了被扼住咽喉、喘不上气来的表情，到底没有说出口。

麦思说："对，他也有。我们将终生为其所制。"

最后，麦思郑重地提醒道："不要惹起他的热情来，千万不要。"

在之后高羽参与的谈话中，春莉被包装成留州美甲店店主，南下旅游后发现商机，决定留在此地创业。

临睡前，春莉悄悄告诉麦思，之所以选择来深圳，是因为她实在不想解释了。那些追问不休的人，一听说她去深圳就露出恍然大悟的表情，父母也隐隐有了盼头，以为她另有宏图大计，总算没掐灭他们的最后一丝希望。

2

十月初的假期，春莉一个人留在深圳“写东西”，麦思带高羽回到留州。麦思的父亲罹患痛风，一犯病右脚就不敢落地，只能单腿蹦，母亲则有年深日久的冠心病，随身携带硝酸甘油“小炸弹”，时刻准备着开炸阻塞的血管。

母亲让她感到惊骇和陌生。一个大活人，怎么说抽抽就抽抽了。跟那些晚年急剧膨胀的老太太不同，她是收缩的，收缩到让人一打眼就有不祥的感觉：这个人快没了。仿佛她会越抽抽越小，直到没进泥土里，消失不见。

夜里，她跟高羽咬耳朵，嘱咐他，也是提醒自己：回来只有一个任务，粉饰太平。就这几天眼面前的工夫，顺着父母的意思，让他们心安。

回来的第二天，母亲就催她去探望大爷。在麦思心里，母亲是读过书上过班绝非俗物的女性，谁料想越老越愚昧，无子，女儿离家远，让她无比担忧自己的身后事，总觉得出殡时的风光要指靠大爷一家。

亲戚之中，最让麦思心惊胆战的就是大爷。这些年他工作上退居二线，愤懑交织着失落，不放过任何一个当面数落麦思的机会，怨她红事白事都不露面，尤其是没参与他孙子的十日、满月、百日以及周岁宴。一想到他蓄势待发的模样，麦思就打怵，那是一种“我要坐下来跟你摆一摆”的架势。她和高羽在楼下徘徊半天，才上去揿响门铃。

两人手里拎着一桶花生油、一箱纯牛奶。

大爷家里的博古架上依然摆放着那棵“玉”白菜，大爷的开场白依然是：“有几年没回来过年了？”大爷的过年，特指年三十和年初一，差一天也不算，这样说来，有三年没在家“过年”。

麦思说：“三年。”大爷立刻露出鄙夷的笑容，他又要旧事重提了。他坚定地认为侄女毕业后规划出现重大失误，他为麦思选定的理想职业是，在留州高中做一名历史老师。

麦思从不争辩，说：“各有各的好，没法称斤称两。”

既说到斤两，大爷顺势问起最感兴趣的物价问题。他说：“深圳是吧？猪肉多少钱一斤？韭菜多少钱一斤？”

麦思很为难，说：“多少钱一斤还真没往心里记。”

大爷执着逼问：“那一个月吃喝花多少钱？”

麦思说：“也没专门记，周末去超市采购一趟。”

大爷伸出右手出其不意地摸摸腋窝并迅速闻了一下手指，说道：“一周去一次？每天下班买新鲜的不更好？没有农贸市场吗？”

麦思应着：“是，早市的新鲜，可没工夫每天去。”

大爷寒着脸，用鼻音说：“超市，你们年轻人就认超市。”

他思路极为机敏，很快又找到一个话题，问：“一天三顿都在家吃吧？”

麦思蹙紧眉头，这问题他每次都问，每次不免纠缠一番。她想糊弄过去，低声说：“在家吃，在家吃。”

大爷看着她，说：“都在家吃？”

麦思只好说：“中午饭不在家吃，在单位。”

大爷瞪大眼睛，说：“什么？中午饭不在家吃？早晨出门晚上才回来，这可是一整天啊。”

他在农机局待了大半辈子，作息上纹理清晰。十二点回家，全家一起吃午饭，睡一小时午觉，下午回单位接着上班。因此深圳人的午饭问题一直令他困惑、怀疑，仿佛权威无端受到了挑战。

麦思不敢争论下去，撒谎说：“离家近的回家吃，远的才不回去。”

大爷点点头，看起来高深莫测。麦思正想道别，只听他拖长了声音说：“深圳好啊，经济发达啊。”

一个熟悉的冷战从身体深处慢慢抖出来。她知道，大爷又要欲擒故纵了，这是他的保留节目。此时此刻必须要使出撒手锏了，她赶紧说：“发达什么？工资高，消费也高！钱太暄了，大城市的一万块钱还不如留州的一千块钱顶花！”

这是一记绝杀，每次都能收到奇效。果然，大爷觉得自己赢得了最后的胜利，紧绷的莫名愠怒的脸彻底舒展开来，他一边嗔怪：“瞧你说的，哪能呢？”一边发出爽朗的舒畅无比的笑声。

从大爷家出来，麦思胸口有些憋闷。高羽走着走着忽然停住，双手支在大腿上，弓着身子笑，麦思摇摇头，也跟着笑。

刚才的会面有一种抹了油般的滑畅感，且洗练至极，显然这是当事双方都经过精心排练才会有的效果。

笑够了，高羽问：“咱俩为什么要在这些事情上浪费时间？”

麦思说："几年才虚虚一次，有什么不能忍的。"

麦思已感到非常幸运，今天大娘不在。记得上回，大娘一见到她，脸上就露出动物般的表情，是那种发现了腐尸的动物的表情。大娘留着很短的寸头还染成黄色，凸显出一张大脸。大娘两颊的肉哆嗦着，挽着她的胳膊问长问短。她讨厌大娘说话时步步为营每一步计算都很准确的样子，大娘通体浑圆却并不让人感到慈祥可亲，大娘穿着一件满是骷髅头图案的毛衣，散发出鲁莽而尖利的小城时尚感。

大娘的神态，大娘的衣着，这些细小琐碎的恶，会让麦思产生生理反应，胃酸不可抑制地逆流而上，接着胃疼，一阵阵地，往咽喉那里疼。

麦思带高羽来到中心广场，多年前她曾在这里套圈儿、溜旱冰，如今每到晚上，这里就成为县城最大的消息集散地，这里有无数爱恨情仇，也有无数不厌其烦描述着的完美生活，晋升，开辟第二职业，孩子上县文艺晚会，等等等等。这向着四方铺展的广场，阔朗而又逼仄，几乎让麦思透不过气来。她想起春莉，她确信，此间的罪恶，足以促使春莉逃向南方。

两人一直在外面闲逛，直到天黑才回家。

麦思见母亲正忙活包饺子，就向高羽使个眼色，两人偎着母亲坐下来。氛围不错。母亲眼睛里闪着异样的光芒，似乎鼓足勇气，终于试探着问起，事业上有没有进步。

高羽转身去了卧室，麦思支吾两句，打开电视。

母亲很是萎顿，只好开始鼓吹她的和面绝技。她左手指着面盆，右手高高举起，说："麦思，看看你妈，不知道什么叫和面拔不出手来，从来都是三光，面光，手光，盆光！”她的声音激昂高亢，与干缩的身体很不协调。这几年她喜欢回首往昔，发现大半辈子都在自我牺牲，以至于很不快乐，炫耀“三光”是她所剩不多的人生乐趣了。

麦思偷眼看着母亲，她穿着假冒的洞洞鞋，里头的肉色丝袜若隐若现，她没走过运，没享过什么福，大润发里抢购贱价鸡蛋的队伍里肯定有她，最关键的是，她的丈夫虽未出轨却也并不爱她。真是个典型的母亲，看她一眼，就会联想到匮乏和不幸，看她一眼，就知道她被日子研磨过了，吃得连骨头都不剩了。

“妈，我当上副所长了。”

话是自己蹦出来的，麦思惊愕不已。

她看到母亲的脖子往上一抻，说：“真的？这孩子，你也不早说！你爸晌午起来就蹦跶出去下棋了，他还不知道呢！”母亲说着说着眼眶就湿了。

高羽在里屋古怪地咳嗽几声。

麦思帮母亲放好案板，说：“就负责一些小事，没什么了不起的。看你阿弥陀佛阿弥陀佛的！”

母亲的笑容松弛满足，那是老怀为安、一辈子有了结果的笑。她说：“以前一提这话头你就黑脸，我和你爸都快闷死喽，这下放心了，路会越走越宽的！”

麦思心里一动，自己想要的，不恰恰是路越走越窄、越走越僻静吗？

麦思走进里屋，低声道：“不要乱出声。”高羽说：“我没别的意思，就是有点儿心疼你。”

“我也心疼你。”麦思说。

前几年，每当高羽觉得无法掌控自己命运时，就躲起来偷偷念《心经》。

她把高羽拉回到客厅里，陪坐着。父亲也从外面回来了，父母热议着麦思的才能和前程，高羽跟着附和，不扫他们的兴。很快又没有了新话题，几个人干笑着，气氛重新变得枯涩。麦思不小心碰触到母亲的皮肤时会感到有些尴尬，她们之间，不是长期生活在一起的亲密。麦思早就想走了，她爱自己的父母，同时又无比渴望跟他们拉开距离，回乡一定不能超过五天，这是她的极限。

这几天，也有姨姑嫂婶猛然想起春莉，老姑娘加辞去公职的春莉是留州名人。显然，她们并不真正认识春莉，显然，打探之前她们已有预设：春莉肯定是有后路的。从中彩票到结识著名商人被高薪挖走，每个人都急于为春莉寻找合理的解释。麦思没想到，群众对一个陌生的名字能关心到这种程度。她们说话的声音总是很大，语气笃定：“没后路，能把吃皇粮的工作白白瞎掉吗？”

麦思特别想宣告：“没有，就是没后路。”可看着这些一脸精明相的人，她还是选择了漠然，她说：“不知道，没见过。”她更不能暴露春莉的真实去向，老家的人势利，对不具备普世知名度的骚人墨客并无钦羡崇仰，而是蔑称他们为“大酸梨”。

高羽在旁边听着，慢慢咂摸过来。他没多说什么，只是临睡前用后背蹭了下麦思，说：“你多虑了，别怕，真的别怕。”

两人曾半真半假地谈起对工作的厌倦，结果引起双亲的高度警惕。说起来，两边的父母都受过教育，但只要跟工作有关的议题，从未获得过严肃的对待。父母们痛恨变化、偏离和不确定，他们阴阳怪气地嘲讽，无师自通地运用修辞，不是反语就是影射，他们还喜欢举例子，指桑骂槐，曲径通幽，弦外之音和韵外之致一波波地在空气里荡漾。怪话说完后，往往升级为大吵大闹，预言这将是“一辈子犯下的最大错误”。

从子女的婚姻伊始，他们就觉察到自己失去了实际的控制权，他们也渐渐明白，这代人对父母的容忍度很低，他们的歇斯底里沾染了几丝虚弱徒劳的气息。

麦思紧贴住高羽的后背，说：“父母穷怕了，动荡怕了。他们这些年的不如意，是攒了一口气的。”

半天，高羽才说：“你呢，其实你比老人家还保守，你又在怕什么？是生下来就带着的原初恐惧吗？”

麦思身体一僵，折回到自己的枕头上，说：“行了，睡吧。”

两人在老家的最后一天，把麦思妈妈视若珍宝的双缸洗衣机强行淘汰，换成了全自动。回程时天上落着小雨，飞机缓缓拉升，拉升到晴朗的平流层。

又要见到春莉了。一想起春莉，麦思就心绪纷乱，她觉得春莉只是急于找到一个外壳，一个臆造的自由澄明之境，好不去面对真实的世界。飞机下降时，她从睡梦中惊醒，梦里她恍惚看到，春莉在坠落，面目模糊，四肢张开，飞快地在她眼前掠过，落到了她看不到的地方。舷窗外，白日和黑夜正相互浸染。

春莉满脸放光地迎接他们，接着把麦思拉进客房，诡秘地表示，她正在创作“一部类似于《红楼梦》的小说”。她脸颊泛红，那颜色不是胭脂水粉能调和出来的，像刚洗完澡或刚运动完，是一种天然水润的潮红。听她如此描述，麦思的心就凉了。加上旅程劳累，加上她对文学并不迷恋，连礼节性地作势阅读都欠奉，就打着哈欠回房了。

3

要完全地拥有自己的时间，总是要付出点儿代价的。

麦思的代价是，逢周二资料室开放日，她晚上九点才下班，以此换取周五不坐班的自由。周五她总是起得很晚，松松地系着丝绸睡袍，奢华地消磨一个别人的工作日。只要是自己的时间，她就能轻易地感受到宁静和幸福。她能闻见柑皮的香气，发现各种小物件的精致之处，漂亮的纽扣，皮革上均匀的走线，鞋子里布印着的含蓄隐秘的花朵，一个闲极无聊的人才有心境体味的种种细碎的美妙。

这个周二，麦思回到家里，发觉高羽居然没打“足球经理”，春莉也没躲在客卧里敲键盘。两人在餐桌旁聊天，桌上放着一瓶喝了一半的白葡萄酒。春莉从椅子上弹跳起来，脸色很不自然。从留州回来后，麦思说事已败露，但又嘱咐她，不要跟高羽谈论辞职的细节。

可是，他们正在谈，谈得很投机很热烈，甚至开了一瓶酒。

麦思推挡着稠厚的空气缓缓走过去，本来想发作，临了却挤出笑容：“聊什么呢？”

高羽示意她坐下，说：“在聊你呢，春莉说了很多小时候的事。”

麦思忽地上来一股轴劲儿，故意不解风情，硬邦邦地问：“什么事？”

春莉低着头，高羽的脸色暗下来，说：“瞎聊，瞎聊。”

麦思摆弄起遥控器没再往下逼问，两人如获大赦地各自回房。麦思枯坐一会儿，抓起酒瓶咕咚咕咚灌了几口。

终于躺在床上了。麦思和高羽却感到恐惧，他们同时嗅到了那股熟悉而危险的气息。他们经历过这样的夜晚，并排躺在枕头上探讨一些重大问题。进入停滞期了。在可怕的停滞中，他们也试图进取，鼓励对方学点儿谄谀献媚之道，密谋怎么结交显贵的老乡怎么把礼送出去，忽而看到希望的微光，忽而又泄了气觉得无路可走，后面的那些平庸无望的日子，已滔滔滚滚地来了。最后总是不欢而散，懊恼和沮丧潮汐般漫上来，在被淹没的一瞬，他们绝望地意识到，这晚的睡眠又毁了，豁豁牙牙的睡眠，早晨起来口苦、头疼欲裂、脸像大馒头在水里泡过一样，残败，憔悴损，极度疲惫地开始新的一天。

他们以为自己早学乖了，不在敏感而悲观的黑夜里敞开心扉探讨未来。

然而今晚，理智、经验、对和平的渴求，悉数崩塌，熟悉而危险的气息从四面八方暗自滋长，乘虚而入。

高羽首先失去控制，说：“我跟很多年轻人一样，对这个行业彻底丧失了兴趣。”

麦思幽幽地说：“没人逼你，当初是你自己全力准备考试，又备感幸运地成为其中一员。你说，这条路会好走一些。”

高羽翻个身：“此一时，彼一时。”

麦思说：“过早地看透一些东西，就会有很多后缩和不努力的借口。出世，总是阻力最小的。”

高羽冷笑一声，说道："你在说自己吧，早早去资料室当了闲人。"

麦思说："我是女的。"

高羽说："你把我也当成女的，行吧？"

女的！麦思有些烦躁。春莉……这个名字浮现出来，她索性发狠说道："春莉真是招人烦！"

高羽说："招人烦？春莉不就是能给别人带来希望的人吗？"

麦思心里说，再过几年就是笑话！杵在留州的大马路边，身上挂着一条古镇调调的长裙，手里挎着藤编篮子，嘴唇涂着油彩般的黑色唇膏。

她吃吃笑着，接着说："如果我不是你老婆，也能对你怀有深切的理解，也能成为你的好知己。同是天涯沦落人，相逢何必曾相识。"

高羽说："我就奇怪了！一方面，你总觉得自己很高档，总说自己跟别人不一样，这个俗不可耐，那个和你不是一个世界的人，另一方面，你一张嘴就是大道理，什么好不容易'占住了坑'，什么不能'破功'，什么冲动是魔鬼，什么活水、保险绳、安全带。"

麦思的笑一点点僵硬在了脸上。对这种奇怪的撕裂，没人能比麦思本人更能体会到个中痛楚。麦思坐起来，提高音量："是，我也奇怪，我居然说出这样的话来，我居然能忍受这些！"说到最后，是哭腔了。

高羽也坐起来，扶着她抖抖索索的肩膀，说："不闹了，不闹了，家里还有客人。"

麦思的身体簌簌抖动，她说：“我跟你一样，也在承受很多不喜欢和不情愿，为挣这份工资，把自己搞得很卑微。”她说：“我当闲人，是用年年谈话、年年考评受辱换来的。”

她深吸一口气，开始用一种刻毒、挑衅的复杂语调背诵《琵琶行》：“浔阳江头夜送客，枫叶荻花秋瑟瑟……”

他把脸深埋在枕头里，发出断断续续的哭声。

夜晚失控地滑进深渊，一声巨响，粉身碎骨。

第二天，两人眼眶下都是深深的淤青，怕跟春莉打照面，几乎是从自己家里逃出去的。晚上，两人做出各自忙碌的样子，春莉呢，待在房间一动没动。

好不容易等到周五，麦思和春莉终于找到机会，正式坐下来，掏心窝子。

无需铺垫，春莉一上来就说：“放心，高羽很成熟，对人生大事深思熟虑，不会走极端的。他说，对你，对你的父母，对周围所有的人，他都是有着责任的。”

麦思跟没听到一样，她为春莉泡上碧螺春，轻轻转动着玻璃杯，说：“青螺比龙井耐看，更有韵味。”

春莉接不住这句话，只好把视线落在餐桌旁的搁板上。一排雪白的搁板，码着精巧可爱的小碗、芭蕉叶形状的碟子、驯鹿雪花图案的彩绘盘，款型别致，色彩浓艳，散发出生活的丰盛感和宽裕感。

春莉说：“看到这些好看的餐具，这些盛满香料的瓶瓶罐罐，就知道你活得很讲究，很有兴致。”

麦思摇摇头：“不，这不是小布尔乔亚趣味。很多时候，是不添置新盘子新杯子，生活就难以为继了。这是我能接受的变化，添一点儿新鲜美好的物件，日子又能过下去了，吃喝拉撒又有点儿意思了。”

一点儿软弱的改良罢了。

春莉似懂非懂，视线再次落在搁板上。

麦思说：“你看，上次我买回来一个杯子，颜色是轻烟一样的绿色，对喝水这个很日常的行为就有了崭新的兴致，我变得很爱喝水了。”

春莉说：“那写东西就相当于我的新杯子吧。不过我又觉得，其实，不写，更好。我摸摸这个，动动那个，就是拖着，不往电脑前坐。你发现了吗？我把你家的花生都剥完了，我还喜欢帮你择菜，择芹菜叶什么的，多简单的劳动！”

两人都意识到一些真正的困厄和痛苦。仿佛幽闭于黑魆魆的山洞，从一个绝境走向另一个绝境，始终没觅到通往光明之门的道路。

聊了很多，麦思却觉得，关于春莉和高羽的对话，她没有掌握事实的全部，心里还是不踏实。

接下来的一周，春莉宣称找到了房子。搬出去前，她把搁板上的杯盘仔细洗了一遍。

麦思并未挽留，她早盼着王春莉滚蛋了。春莉每天赖在家里，毁掉了她周五的独处。那样的一天她不愿跟任何人共享，她需要空间和心理上的绝对的空旷，哪怕有人在房间里关上门不出动静，也是确凿的打扰。

春莉走后，麦思不放过任何警戒教育的机会，说春莉在写作上毫无前景可言，有些东西跟努力不努力没关系，缺少禀赋，不得其门而入，是个“巨大的悲剧”，还预测春莉在外浪荡几年后，迟早要回留州。

大部分时候高羽只是听，偶尔才反驳：“你的语气很世故，你就剩这点儿聪明了，习惯性地对所有的事情不抱希望。可春莉是痴人，说不定哪天就捅破了窗户纸，就开了窍！”有时，他的声音会突然低沉下来，说：“我完全能理解春莉，她写东西不是发神经，不是瞎胡闹，她是太压抑了。”每次高羽这样说，麦思的心就会猛然疼一下。

高羽不会喋喋不休，麦思也无意滔滔辩论，她蜷缩进松软的沙发看古装电视剧，并鼓励高羽去“足球经理”里挥斥方遒。他们都在表面健全、内里败絮一团的家庭里长大，深知“隐忍”意义上的安宁与和睦也要珍惜。

4

周五，麦思在潮润的空气中醒来，一缕黯淡的光线从没合严的窗帘缝隙里漏进来。

天阴阴的，是个仿若被黄昏修订过的清晨。她来到阳台上伸展四肢，感觉自己像一只猫，好人家养的懒洋洋的猫。

雨还没有落下来，但她知道，雨已经在路上了，大团大团铅灰色的雨云在西边的天空上纠结翻腾。

风大雨大。她泡一杯姜茶，随手拿起一本周刊，心里很静，很知足。

这才是真正的一天，一天什么都不干却没有一丝“浪费”的感觉——这一天专门拿来怡情养性，充满意趣。活着真好，看似不起眼的一天却使日子有了张弛和明暗，使得家庭园艺和美食制作成为可能，无名肿毒慢慢化掉。

傍晚她步入厨房时并不恐惧，而是兴致高昂地烹制晚餐，能彰显个人美学的晚餐，走出厨房时也不像往常那样疲惫而充满怨气。

她时不时望向窗外，透过疏朗的梧桐叶子往下看，传统地，家常地，等待着丈夫归家。

高羽没按点儿回来，她在饭菜上扣紧盘子。继续等。再后来，饭菜没有热乎气了。

电话也打不通。麦思慌了神，赶紧翻找衣柜，看到制服都在，却少了几件休闲装。

噩梦成真，靴子落地。高羽没去上班。

麦思瘫坐在地板上，脑子还在飞转。第一，可能是临时加班，手机没电。第二，若真没上班，不知道有没有请假。

基于虚荣的必要，以及避免外人对他们婚姻的无端揣测，她思量半天才拨通高羽同事小余的电话，小余是高羽的同乡，很久前来家里吃过一顿饭。

“小余，好久没见。最近天气不大正常，你还好吧？”

她一口气说完。

小余似乎有些错愕，反应几秒才说：“是麦思姐呀！我还好还好。”

麦思紧握手机，紧张地等他的下一句话。

小余像突然意识到什么，说：“肺炎可不是闹着玩的，让高羽好好休息。他怕麻烦我们，不肯说出在哪儿住院，不然今晚就去看他了。”

麦思长长呼出一口气，说：“不用不用。就是，就是没那么快康复，这病黏糊，请你们多包涵！”

果然，高羽没去上班。万幸的是，他还请了假。刚庆幸完，随之而来的竟是微微的遗憾。为什么还要请假？为什么不干脆彻底消失呢？

对自己奇怪纷乱的心思，麦思不想再一层层剥下去，她随便喝下一碗麦片，约春莉到文山湖边的咖啡厅见面，她说：“很急，打车来。”

两人在湖边找到座位。

麦思的语气充满责难，高羽今天没去上班也没回家。

春莉赶紧看看手机，表情有些失望，说：“他没联系我。”

春莉安慰道：“麦思，不要太担心。那天高羽反复说，他是男人，有个家要养，不能冒险，不能逞一时之气，不能悬崖撒手。”

麦思闭上眼睛。她想起前天晚上，屋里只亮着一盏晕黄的壁灯，她躺在高羽怀里，对他说：“你是我丈夫，你是好男人，以后我们还会有个可爱的孩子。”她似乎单方面下定了决心，此前，他俩始终拿不定主意，到底让不让一个孩子来到世上。此刻，她娇弱又强硬，她的话像细小的锯齿，在高羽的皮肤上温柔却坚定地拉过。他一言不发，一张寡欲的淡漠的脸，缺少生气。她感到气氛很怪异，倒宁愿他烦躁地推开她，发上一通火，发完了事。

春莉接着说：“麦思，我觉得高羽确实有点儿问题，要慢慢解决。高羽说他羡慕我，一天一天地不用出门，不用在等电梯时发愁跟别人聊什么，高羽还说，他吃完饭在单位院子里散步，远远地看到一群人走过来就心惊胆战，他不想跟他们说话，也不知道说什么好。”

“高羽又说，上一天班，啥事不干也累，耗得上。有工作也是事务性的，机器人做才合适。”

麦思做手势止住她，尖刻地指出：“别总高羽说高羽说，不就职业倦怠那点儿事吗？你又说了什么？”

春莉苦着脸：“我说得真不多，说先写了几年材料，没黑没白，后来安抚性地调去负责会务，挺清闲的，会前摆放茶杯，会中保持微笑、随时添水，会后倒茶叶根儿、洗杯子。但我怕，怕一辈子就是摆茶杯、倒茶水、洗茶杯了，怕一辈子，就这么散了。不是不想踏实工作，是这工作让人害怕。”

麦思心里一酸。她想起春莉搬离她家前，很勤快地把搁板上的东西洗了个遍。

她仍然不能原谅春莉，大部分人，会逐渐变成没有任何技艺和才能的人，大部分人，在对一个和几个错误的保持甚至是捍卫中度过一生。她说：“春莉，你知道吗？他已经习惯了繁琐沉重又毫无意义的工作，再坚持几年，一过四十就没感觉了，什么意义价值感，彻底没感觉了，多好！这几年也容易混，‘足球经理’源源不绝地供给刺激和荣耀，没有失败和衰退。只要他不厌倦，就能永远沉浸在自我欣赏中，无害怡情。”

春莉摇摇头，说：“高羽心里亮堂着呢，他说你哄着他沉迷游戏，其实，你已经放弃他了。你觉得他不具备混世能力，不是那块儿

料，也融不进那些圈子。”

麦思更加厌恶春莉了，她辩白道：“我们在精神上一直能沟通，我爱惜他，就因为他不是精通世务的人。说白了没什么大志，只求个清静安稳，这不过分吧？”

春莉歪着头：“你真这么想？”

麦思说：“春莉，我们都不年轻了，三十好几了。我再也没法忍受一个新的男人深入我的生活，每天在我面前晃来晃去了。一想起来，仅仅是想一下，都觉得累。”

沉默，沉默。

月亮升起来。湖面铺了一层淡奶油色的月光，湖水显得更加柔和沉静。

“你实话告诉我，我是没有希望的，对吗？”春莉的声音像从湖底传来，带着微微的凉意。

麦思小心斟酌着措辞，说：“春莉，你写的东西，我不确定。艺术家是另一类人，我不了解。”

春莉说：“我现在挺皮实的，有的编辑说话委婉，有的就很直接。我知道他们都讨厌我，怕我，躲着我。本来以为，我能掌控它，心里有什么东西快胀破了，受够了被人摆布，受够了满身枷锁，以为写心里的东西会很容易，是顺手就能抓到的一根稻草。实际上，它更神秘，更飘忽。说真的我并清楚自己该干什么，突发奇想，稀里糊涂就……”

她说着说着也觉得没意思：“不瞎扯了，我有点儿怀念以前的工作。”

麦思心里很难受，怅然若失。然而她太累了，没有精力再关心春莉的困境，也不想深究任何人任何家庭的真实细密的悲欢。

夜色渐浓，湖面上浮起薄薄的雾。隔着雾气看湖对岸的房子，灯光微茫，缥缥缈缈。麦思告诉春莉，高羽也没少给她泼冷水，日子比一片薄冰还要脆，失去任何一个人的固定收入，生活质量都会锐降。他们变着法儿地控制对方，一定不能出去，一定要坚持住。

春莉期期艾艾着："也许，真降了又如何，有那么可怕吗？多一点儿过俭朴生活的勇气，少买点儿东西不就完了！"

麦思没心思再讨论下去，不耐烦地说："春莉，你疯够了吗？不上班你能干什么？无论干什么都会有困惑，你思考得太多了，总会有困境。倒茶水洗茶杯又如何？享享清福、浑化于人世不也挺好？"

向来随和的春莉沉下脸来，她望着远处的湖水，说："世事无常，你这饭碗，想端得稳就能端得稳吗？我看也未必。这么说吧，也许你追求和守护的东西本来就不存在，守也白守，我们从来没有真正掌控过什么，是不是？"

麦思心底最深处的恐惧，被春莉攫住了。幼时看到的一幕，此刻不期然再次迫近到眼前。这几年她才意识到，她曾是某个历史节点的旁观者，她才明白了那个场景的微言大义。她记得那天阳光很好，从高空照下来，人们脸上的阴沉和凄迷却凝成挥之不去的浓雾。几百个中年技工木然站在留州丙纶厂紧闭的铁门前，人身在地面上投下一大片阴影，据说，已经第十一天了，他们仍在确认自身的渺小和个人意志的虚幻，曾经坚信不疑的安稳，跟他们一刀两断，说断就断了。

她和高羽貌似主动又充满痛苦的坚守，霎时变得滑稽可笑。心底张皇，哪里安稳过，不过是无抵抗地腐烂罢了。她不敢再往深处想，狼狈地跟春莉道了别。最后，她在春莉脸上看到的表情是怜悯。春莉竟然在怜悯她。

这之后，麦思不识趣地用各种方式联系高羽，写下情意殷殷的短信和留言时，她非常讨厌自己。直到第三天晚上，高羽才主动给她打电话。

总算听到他的声音，麦思强忍眼泪，故作轻松地说："在哪儿逍遥自在呢？"

高羽说："第一天，早晨起来先堕落地喝散装白酒，然后吃得很饱很饱，晚上喝浓茶，极度放纵。第二天，在深圳湾看了一天水鸟和大雁，站在海边，万事皆空，有一种把自己在世界上删除掉的快感。今天，在慈云寺做了一天义工。"

麦思硬着头皮问："什么时候回来？"

高羽说："我会回去上班的。只不过，求求你，这几天是我最放松的时候，我想看看到底能不能再为自己多做点儿事！别来烦我，求你别烦我。"

麦思还有很多话想说，却感觉到高羽的抗拒，她闭上了嘴。

梦里有很多声音。有时高羽在嚷嚷："求求你，别来烦我。通勤通勤，通什么勤！每天都是一堆烂事！"有时她在哀求高羽："上班，星期一了，你去上班，星期一，求求你，去上班。"她的哀求声游丝般飘浮在空气中。她的声音忽然变得很凄厉，她用力把高羽推下床："上班了，你快去呀！"她看到高羽从地上爬起来，驼着背挪出卧室。她鼻子发酸，用被子紧紧蒙住眼睛。

春莉再次打来电话时已经在外地，她说前天离开了深圳，打算到处走走。

周末晚上，一个新的工作周猛扑过来。高羽要回来了。他的齿缝里似乎有尘土，他说："今晚能到家，要后半夜了，别等我也别担心。周一，我去上班。"

麦思拉过被子，紧紧裹住自己，蓬松的棉花被让她觉得温暖安全。她把消息发给春莉，春莉没回应，一直等到十一点，才打来电话。

春莉说："在苏州呢，坐船沿着护城河游了一圈。"

麦思问："怎么想起去苏州？"

春莉沉默一会儿才说："苏州古城城门上是伍子胥，是伍子胥的眼睛。"

"抉吾眼县吴东门之上，以观越寇之入灭吴也。"

春莉的话在耳边回荡不止，透骨的冰冷传遍麦思的全身。原来，那句话像饿狼和幽灵一样，一直尾随着春莉。

那谶语般怨毒的警告——你一定会后悔的。

春莉说："连伍子胥的眼睛都见识过，就什么都不怕了。"

春莉继续说："我上了最晚的一班船，船快开时上来一个白净的评弹师傅，他唱的我一句都听不懂，但不知道为什么……"

"春莉，你又哭了，是吧？"

"是。还有几个人在喝酒打牌，师傅不看他们，看着船顶板唱了一晚上，后来我请他喝了几杯酒。"

春莉的声音忽然变得欢快，说接下来还要去黄山、西湖、武陵源。

麦思想起玉门关的荒漠旁边，那条本不可能出现在那里的河，那条让人灵魂出窍的河，她低声说："去玉门关吧。"

春莉答应一声。世界在向她敞开着。

最后麦思特别想对她说："春莉，你能不能把东西写好，你有没有才华，其实一点儿都不重要。"

麦思在心里重复好几遍，总觉得时机和气氛哪里不对头，终究没有说出来。

挂断电话，她想："春莉，我就先欠你这句话吧。你能不能把东西写好，你有没有才华，你是不是走在一条'正确'的路上，其实一点儿都不重要。"

夜里，麦思睡得不沉实，一遍遍地摸枕边，总是空着。

她起身来到高羽的书桌前，那个上锁的抽屉前。抽屉上的锁太纤巧了，显然并不具备实质的防护作用，却是某种拒绝窥探的表态。

麦思从工具箱里取出钳子，轻轻一扭，锁就掉落了，砸在地上，发出碎裂的声音。

她呆立片刻，轻手轻脚地打开抽屉。麦思先看到一把枪。

她屏住呼吸，拿起来掂掂，颇有分量，很快她就凭借常识看出来，这是一把仿真枪，青春期少年们的最爱。接着她往里看，看到一台望远镜，小小的，小得让人心疼，让人想流泪。

往生

1

老头的躯体，康莲越来越熟悉了，此刻已不再慌乱，也没有了羞耻。她低下头，尿骚味喷了她一头脸，热扑扑的。裤裆晾开了，老头惬意地扭动身体。她虎起脸喊着别动，嘶啦一声把纸尿裤扯下来。

用消毒液洗完手，她来到厨房做饭。天色渐渐昏暗下来，出差的丈夫正往家赶。平时要等天黑透了才开灯，今天却开得早。家里的灯光是暖烘烘的蜜黄色，想到他下了车，朝着家越走越近，就能看见厨房柔和的光晕，还有她映在玻璃上的身影，她的忙碌便有了几分诗情画意。

将她带回现实的是老头，他四天没解大手了。盆里泡着芹菜和萝卜，一把水绿，一滚雪白，散发出蔬菜特有的清冽芳香。对老头来说它们绝非美味，他只喜欢吃炖烂的肥肉。

傍晚七点多，刘向群推门而入，手里拖着黑色拉杆箱。老头凛然一惊，快步走到厨房，攥住康莲的手臂，说：“看看去，进来人了。”她挣脱开，说：“别怕，出去等着吧。”

饭菜陆续上桌，除了炒菜，还有一碟油炸花生米，一碟凉拌豆腐皮，分量不大，是情调，也是心思。刘向群心领神会，倒上酒刚想啜一口，发现老头正用防范的眼神盯着他。老头脸上满是狐疑，还有努力压制的愤怒：突然闯入的男人不但换上拖鞋，还坐在沙发的正当中，大大咧咧地打开电视。

刘向群觉得很败兴，说："才几天呢，又不认识我了。"他大声问老头："你认识我吗？"老头摇摇头。

女人指着刘向群，对老头说："他不是外人，他是你儿子。"

老头脸色大变，像突地意识到什么，调整一下坐姿，故作轻松地说："是你啊，我认得，你是我儿子。"

康莲别过头去，心里一阵怅然。这两年，老头除了心虚害怕，还剩下什么？老头甚至偷偷给她塞过钱，一百两百的，好像给点儿钱他就不遭人厌了。他其实并不记得刘向群，他在紧张地背诵，逼迫自己记牢，以免这个据称是他儿子的男人气急败坏。刘向群嘴角牵出一丝笑容，不予深究也不忍深究。他是老头付出过最多关爱的长子，也是老头最先遗忘的人，忘得如此彻底，抹得那么干净，仿佛从未存在过。

清晨六点钟，刘向群准时起床。几片白菜拿油一滑，加两碗水，再下一捆面条，水滚开时，磕开鸡蛋顺着锅边儿溜下去，一转眼，漂亮的荷包蛋浮了起来。这碗炝锅面连吃带喝，能让胃变得暖暖的，能让他心情愉悦地去工作。他供职的化纤集团发展得正红火，每天早晨集团全体员工右手举拳，迎着朝阳朗读《羊皮卷》，声音洪亮，气势豪迈。随后大喇叭传出《命运交响曲》，命运来敲门，一串慷慨刚健的响音，一天的工作热血沸腾地开始了。对康莲来说，迎来新的一天，亦迎来旧的生活。无非是忙活吃喝拉撒，间中，充满死水般的静寂，似有一股淡淡的霉味弥漫在空气里。

家里有个长期卧病的老人，这样的生活，让人想起来就万念俱灰。

下午刘向群打电话过来，说今晚要陪客户。女人不表态，电话那头威胁起来，说完不成销售任务，年底可拿不到奖金。他刚要挂断，女人说："老头不排便，接上便盆也没用，好几天了。"刘向群哼哧半天，备受煎熬地长叹一声，说："好，好，我叫别人去接待。"

晚饭时，老头的筷子在盘子里扒拉来扒拉去，没找到肉。他偷眼看对面的女人，女人低着头，腮帮一动一动的。他委屈地喊："娘，没肉！"

康莲呛住了。刘向群站起来，一顿发作："还吃肉，你要多吃蔬菜！"他担心生意谈不拢，心里横着气呢。老头只好勉力吞咽，形同嚼蜡。

好不容易，康莲缓过神来，轻声道："还能活几年呢，吃肉就吃肉吧，我给他买了开塞露。"

老头的裤子褪下来，暴露在空气中的屁股羞愤地收缩，腿肚子上的肉哆哆嗦嗦的。男人把开塞露顶端挤进去，老头拖着长音喊："凉哎，凉哎。"女人摁住他挣扎的身体。

半小时过去了，坐在排便椅上的老头毫无动静。瓶中消失的液体已抵达体内，却神秘地失去效果。刘向群撩开老头的上衣，见他小腹鼓起一个个苹果大的疙瘩，两人对视一眼，女人提议："抠吧，不能再拖了。"

刘向群戴上口罩和一次性手套，几番深深浅浅地试探，数次改变手

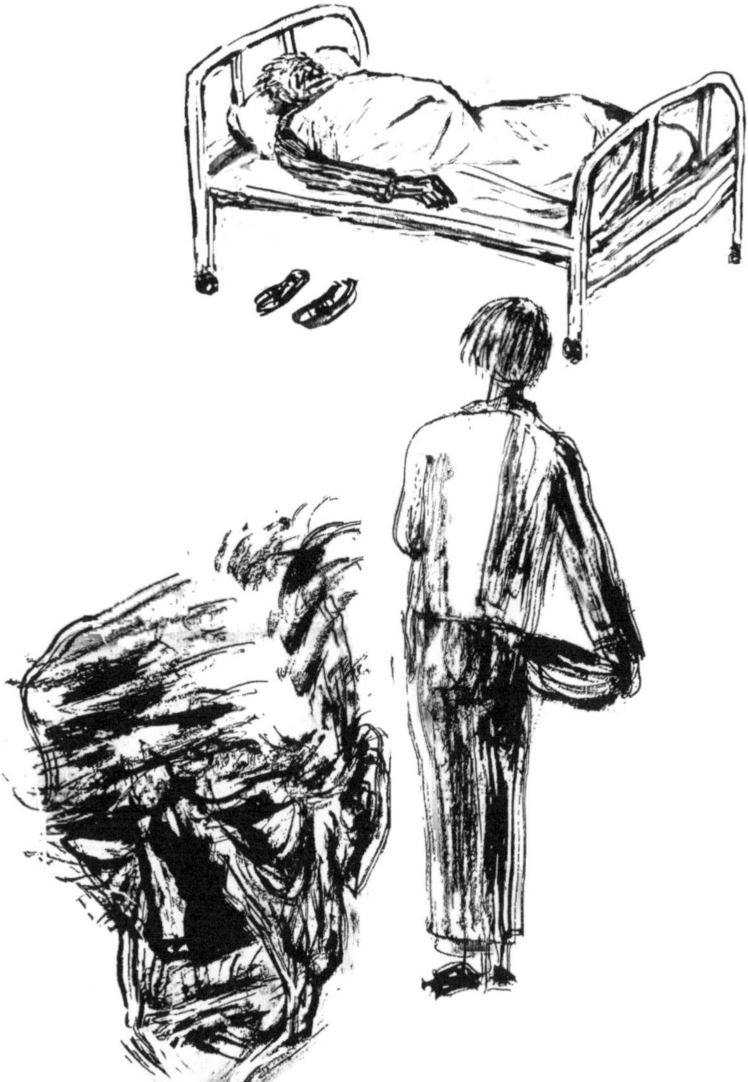

法，一颗一颗地抠出石头般黑硬干燥的粪球，臭气直顶脑袋。康莲适时地注入润滑液，接连刺激下，老头忽地哎哟一声，猫腰就往下蹲。

这晚，刘向群反复洗手，不停叉开五指，对妻子说："你闻闻，怎么洗也没用，胰子搓了好几遍还有味儿。"康莲心事重重地倚在床头，今天，老头叫了一声"娘"，那一刻她蓦地意识到，她老了，但她又要当妈了。

日子规律得近乎刻板。下午四点钟是例行散步时间，康莲带公公来到小广场。广场上聚集着一撮撮妇女，她们退了休，生活经验又丰富，在桑榆之年复得儿女的重用，彼此一打眼，即咂摸出近似的悲欢，分外亲切。她们穿着俗丽的花裤子，身形肥大臃肿，谈吐中也沾染了柴米油盐的恶气，数落儿媳的劣迹，奔走相告哪里出了一种旷世神药，哪里又有治疗仪可免费试用。

正是在粗鄙的广场上，康莲遇上一个神秘而梦幻的词语，那词语耐人咀嚼，越琢磨越有味道，散发出一股安顿身心的奇异力量，当她情绪低落时，那词语便带着灵性般翩然而至。

关于广场最初的记忆并不愉快。那天她带着公公来到广场，人们饶有兴味地打量他俩，也有人眼拙嘴快，说："看这老两口，日子过得可真自在。"康莲瞪大了眼，咬着牙说："什么眼神呢，他是我公公。"

公公八十多，儿媳六十多，他们都是老人的现状模糊了他们其实是两辈人的事实。这样的时刻尴尬难受，她已老成这个样子，竟还被当成一个壮劳力使唤。老太太们随即问道："你男人呢？还没退吗？"

广场散发着浓烈的市井气和尘土味，家家的烦心事正好凑在一起说道说道。显然，妇女们在很有经验地引导，康莲却含糊其词，眼睛虚虚地望向远处，不愿再往下谈。有什么好说的，刘向群原本是国营大厂的经营科长，可惜几千人的大厂说倒就倒了，不然，他也在家领退休金呢，何必老着一张脸去私企当临时工。

两人经常在健身器材旁遇见老李。老李七十出头，早年在公社里做过老头的小跟班，为人活络机变，后来攀上了高枝儿。常人眼里他无比幸运，中年时占过肥缺，年老了拥有健康。起初，老李热情地打招呼："老刘，我是李汉庭。"老头冥思苦想一番，讪笑着回应："记得，是熟人。"老李笑而不语，看老上级的目光里多了几丝怜悯：这老头，活了一辈子，把自己活丢了。老李保持着退休干部的风度和修养，从来不说老年痴呆，而是讳称为阿尔茨海默症。

李汉庭深谙养生之道，在广场上甩手、倒走、撞树，令痴迷延寿的人们纷纷效仿。老头则一边溜达，一边捡起玻璃瓶、塑料袋、烂绳子、脏兮兮的玩偶，揣在怀里，如获奇珍异宝。

临上楼时，康莲勒令他把垃圾丢掉，他不肯，身体紧绷，倔强地摇头。他有一张苍老的脸孔，一颗叛逆的少年心。僵持片刻，康莲让步，说不能全留下。他思索片刻，留下的，总是毛绒猴子、玩具熊、布娃娃之类。

2

过日子需要盼头，对康莲来说，五月份就是盼头。五月中旬，小叔子刘向前会把老头接走。自老头失伴，兄弟俩亦从俗，轮流奉养。

下午，她帮老头收拾行装，用包袱皮儿把衣物包好。老头嗅到了些气味，忽地从床下拖出一个纸箱子，箱子里盛满他捡回来的玩偶。康莲跟他商量："箱子别拿了，十月份还回来。"老头问："还回来？"康莲点点头。

刘向前坐在沙发上拼命抖腿，抖腿的毛病他这辈子是改不掉了。数月未见，康莲脸上只淡淡的。疏离也非一天两天，根子在婆婆那儿。婆婆是老太后般的女人，酷爱指挥、独掌财权而偏爱幺儿，明里暗里小叔子沾了不少光。婆婆离世后，一分家，两边的女人生出龃龉，心中各怀不忿，表面和气罢了。最令康莲窝火的是，办完丧事不久，婆婆那块温润的白玉就挂上妯娌的脖颈，而婆婆的金耳环则闪耀在妯娌母亲的耳垂上。

老头怯怯地对康莲说："姐，姐姐，我走了。"康莲眼窝一热，又嘱咐小叔子两句："抠的时候用巧劲儿，抠破了容易发炎。"刘向前边下楼边挥手："嫂子年纪大了就是唠叨，放心吧，我给他买果导片。"康莲愣了一下，急忙喊道："果导片不能多吃，肠胃受不了。"脚步声已消失，只剩下她话音的回声。康莲走上阳台，见刘氏父子一前一后地走，老头佝偻着身子跟在儿子身后。老头突地停住，转头往上看，康莲几乎要叫出声来，她捂住嘴赶紧蹲下了。

走了也好。她毕竟六十多岁了，本身就需要照顾而不是照顾别人。她血压不稳定，忽上忽下。最亲的几个人都知道她枕头下放着速效救心丸，玲珑可爱的葫芦瓶里装着一颗颗晶莹的药丸，凝固着川芎和冰片的精华，苦而凉。几年来，每到侍奉的后期，她就不成人形了，像散了黄的鸡蛋，像一摊化掉的冰水。屎尿气在屋里经久不散，渗入她的每一个毛孔，仿佛怎么洗都洗不干净，每次闻见自己身上的臭气她都焦躁不已，手指插进头发，使劲儿往后抓。拖地，刷马桶，洗衣服，她忍不住摔摔打打，弄出点儿声响，看到老头惊恐的模样又心软自责。她羡慕那些毫无羁绊的妇女，头戴红帽子足蹬白色旅游鞋，欢呼雀跃走上大巴车，前往一处处山清水秀的人间胜境。

终于，她用日夜操劳换取来半年的好时光。日子安逸自在，上午翻翻报纸，下午照料花草。阳台上摆着长长一溜儿花盆，垂下的花枝时常引来路人注目，并对女主人生出种种绮丽的想象。

这天她买菜回来，接到女儿的电话，邀她去深圳住两天。她犹豫片刻，说："两边都麻烦，不去了。"

女儿叫道："妈！"康莲的身体一阵酥麻，温热的感觉从耳朵漫向全身。她喜欢听女儿这样叫她——妈！音调不管不顾地滑下去，又陡然往上一挑，话音任性撒娇，不依不饶，又饱含着对老妈的心疼。

女儿接着说："爷爷绑了你半年，坐监一样，把个好人都缠磨坏了。听我的，出来散散心。"康莲推脱道："不能把你爸撇下，一个人耽误饭。"

当女儿遇到麻烦或需要帮助时，她愿意去充任保姆厨娘。事实上，无论伺候月子还是带小孩儿，她都曾立下奇功。但如今小外孙入读小学，年轻人的事业也已捋顺，早过了用人的时候，她何必去当白吃饱儿。她明白常年在外的女儿心里怕什么，便对心虚的孩子说："有空就回来看看，真回不来，我和你爸也理解。"有好几次她想告诉闺女，已去敬老院考察过了，有一家私立的服务还可以，万一她中了风就坚决往里搬。怕女儿听了着急，每每话到嘴边又咽了下去。女儿扎根在了大城市，生活工作都不容易，再说了，谁能同她一起轮？她再也不能像上辈人一样，指望儿女了，到底该指望什么，她也找不到答案。康莲在深圳生活过一段时间，那段日子她总是莫名地惊惧。她清楚地感觉到，从小城留州到大城深圳，女儿的心底也有惶然和惊惧，但女儿已然离不开深圳，女儿这一代的日子跟她们不同了，有些什么东西变了。总归是变了。

公公走了多日，康莲刚睡醒时，恍兮惚兮，觉得他还在。他是她的影子，有光就有他。他是她的镜子，让她百味杂陈地看见时间如何碾过肉身。几年间，他们仿佛被牢牢地捆绑在一起，并建立起一种隐秘的联系，通过眼神、各种语气词、一个细微的动作便能理解对方的意图，那是一种日积月累无法向外人解释清楚的默契。

沙发上留有他的痕迹，他习惯坐在右侧，日子久了垫子失去弹性，塌陷出一个坑窝。有时，他回到自己的房间，摆弄箱子里的玩偶。他最喜欢两个玩偶，一个衣衫破烂的胖男孩儿，一个发色金黄的外国少女，他把两个娃娃并排放在一起，一看就是半天。箱子里还有大灰熊、毛茸茸的鸡仔、伸出粉红舌头的小狗，生气蓬勃，是个童话般美好的隐秘乐园。

3

九月份，留州的雨天多起来。康莲钟爱初秋的雨，下得不急躁，静默缠绵地洗去尘灰暑气。细雨令天地间起了薄薄的雾，为小城增添了几丝空蒙缥缈的意味。雨声滴滴沥沥中，她伸开手脚躺在床上，感觉蓬勃的能量注入身体，她像渴望成仙的林中精灵，贪婪地吐纳山水的灵气。她呼吸深长，气息蜿蜒流走畅行无阻，血液潺潺流动，澄澈如深山古柏下的一脉清泉。浊气散尽，胸膛敞开，不淤了，全通了。晦暗的皮肤闪闪发光，肿胀的关节叮咚作响。她是晶莹剔透的珠子，是往下淌蜜的苹果花，是瓷器表面滑腻肥润的釉彩。秋天到了，老头即将回来，她又要当妈了，必须做好储备，当妈的不能半路掉链子。

雨是一种遮盖，雨似乎也放缓了世界运转的节奏，在雨天才有的宁静里她睡得特别沉，昏天暗地，仿佛一觉就不会醒来。

她期待一个多雨的十月，那将是她最后的好时光。

未及等到十月。也在一个雨天，电话铃声打断无梦的沉睡，她猛地坐起来。铃声格外尖利，像带着引线嗤嗤燃烧，把空气都烧焦了。

刘向群只说了一句话："爸摔着了，在人民医院。"

老人最怕摔，摔一下，再硬朗的身板也得报废。意外摔伤往往是老年人晚年生活的转折点，这样想着，康莲慌慌张张地赶到医院，临到病房时，她的脚步慢下来。老头出了事，她若有所失，又似有所待。心如乱麻，未及深想，已经到了。

大胯粉碎性骨折，老头的呻吟声也破碎了，听得康莲的心一抽一抽的，她猛然记起儿时拇指被门挤住的瞬间，拔出来，指甲淤青发黑，疼痛钻心。刘向前面色煞白，不住地解释，说一眼没看见，老爷子就滑倒了。谁还顾得上埋怨，当务之急是联系做手术。

兄弟俩眉头紧锁，在手术室外抽掉几盒烟，从早晨八点到中午一点等足五个小时，老头被推了出来。剔除折掉的碎骨，嵌入人造股骨头，用五个钢钉固定，留下一道一尺长的新鲜刀口。

老迈的医院安排病号时不分性别。邻床是个痴呆老太，一入院便让人惊骇，脱掉贴身衣物裸体平躺，嘴里发出奇怪的声响。她身体黑瘦，双腿像烧过的火柴杆，胯部若没有皮肤包裹着，骨头都快龇出来了。老太的儿女用被单掩住她的身体，一回身她就顽劣地蹬开。很快儿女盖烦了，只得听之任之。康莲想起，早先伺候老头解手，松裤带时他会用手挡一下，裤子一掉就下意识地往上提，粘纸尿裤时他更是红了脸，那多像女人的卫生巾呀。但这几天在医院，众目睽睽下动不动就褪裤子，打针，上药，老头呆呆的，像一块木头疙瘩。

徐医生是刘向群相交多年的熟人，自老头入院后跑前跑后很是关照。术后他建议保守治疗，并跟刘家兄弟展望过安乐死的立法问题。他见多识广，总结问题很精辟，他说："住院这阵子，你们多花点儿钱，老人少受点儿罪，求个心理安慰吧。" 听得众人频频点头，他闪烁的眼神掠过两位儿媳妇，善意点拨道："雇护工是潮流，是大趋势。"

全身麻醉令老头萎缩的脑部再受重创。三天后那道刀口康莲仍然不敢多看，刀口在老头身上，往外淌着水，他竟不喊疼。康莲从保温壶里舀出排骨汤，当她喂老人进食时，心悬得更高了。

她把一块炖得稀烂的肉往前送，老头张开嘴，不嚼不咽，睡着了。她把他叫醒，敦促他吃下去。她再喂一口鸡蛋羹，老头张开嘴，不嚼不咽，又睡着了。她眼也不眨地盯着他，他瞬间陷入昏睡，流出涎水。

过了几日，老头的精神总算好了些，然而对骨折浑然不觉，跃跃欲试想下床走，把康莲惊出一头冷汗。护士听说后，用宽布带把老头的一只手绑在床栏杆上，说再乱动就错位了。失去自由的老头依然要忍受酷刑——自己没力气，咳不出痰来，护士一来吸痰他就吓得全身乱抖，还有每次必遭围观的排便过程。儿女和护士把他围在中间，命令他深呼吸、使劲儿，人们咬牙切齿地喊号子，使得每次的排泄都悲壮无比。当秽物艰难地排出，在众人的欢呼声中，老头的脸变红了，虚脱地喘着气，把自己的头埋进枕头里。

看着公公的熊样子，康莲不免意气消沉，是的，人都会有这一天。说起来，公公一辈子没进过医院，最后却把什么罪都受了。

她时时想起那个神秘而又梦幻的词语。

广场上热衷“宗教”的老太太们，敏锐地发现了怨妇康莲并试图拯救她——这女人带样儿了，疲倦，烦躁，那眼神，受困的母兽一般。

可是，神神叨叨的女人聊天时，一个特别的词语劈面而来，释放出不属于尘世的耀眼光华，深深打动了她。那个词叫“往生”，死亡的另一种说法，却穿透深重的黑暗，击破内心的绝望，是美妙的、充满希望的起点，令康莲灵魂出窍，神往不已。

劝别人的话，往往连自己都不相信。但“往生”不一样，它飞离了尘世，像一颗清寂的星，悬于庸俗的话语系统不可及之处。

它高蹈，空灵，又那么慈悲。

照料老头时，她不由自主地念叨这个词。老头自然不懂，倒像是说给自己听的。她的心渐渐平静下来，死，就是往生，有什么好怕的?

调养了半月，老头终于开口说话了。这日吃过早饭，康莲喂老头吃药，老头看看药片，短促地说：“会卡死。”康莲一怔，老头接着说：“吃药面。”康莲说：“药面苦。”老头坚持：“会卡死，吃药面。”康莲只好把药片碾碎，从胶囊里倒出粉末，她皱起眉头，多苦啊！老头热切地望着药面，死命咬住勺子，舌头翻卷，喉结蠕动，顺畅地咽进去。

眼看就快出院，晚辈们在一个淡金色的黄昏，聚在病榻前召开家庭会议，讨论特殊时期的照顾方案。妯娌王乐云从年轻起就会玩儿、会享受、会打扮，如今快六十的人了，还是细高跟、小坤包，头发烫得蓬蓬松松。她生着一对吊眼，平时笑嘻嘻的，看上去挺喜相。但多年相处，数度交锋，康莲早领教到，她王乐云是个寸土不让的厉害角色。

若按月份算，轮到老大家伺候了，但以责任论，继续待在老二家也合情理。谁也不切入正题，就听王乐云在尖着嗓子表白。她说："一直夹着小心，怕发烧，怕咳嗽，万没想到会摔着。说到底，年纪一大骨头就糠了。"接着，她举出很多例子，谁他爹谁他娘都摔过，经她巧嘴一讲，似乎老年人不摔才稀罕呢。

她又把话题引向玄妙，挑着眉毛说："蹊跷得很，刚给老太太烧过纸，老头第二天就滑倒了。"王乐云心气高，一辈子就爱跟别人比，决计不肯落下话把儿。相比之下，刘向前倒还实在些，压低嗓子说："哥，你知道，我这边情况复杂。"

见他苦兮兮的样子，不要说亲哥，连康莲也心生恻隐。这两年，刘向前半老不老，人生角色从未如此繁复陆离，他是丈夫，是儿子的父亲，也是父亲的儿子，还是丈母娘的女婿，孙女的爷爷。

四代同堂的家庭里，老父亲享受不到专人伺候的待遇。孩子是中心所在，向下延续的爱才是无条件的，自发的，充满耐心，不厌其烦。人们各怀心事，叹息声此起彼伏。康莲注意到，老头刚才醒了，或许是积淀一生如今仍残存少许的处世经验，令他感知到异样的气氛，他又闭上了眼睛装睡。这会儿，康莲倒有些羡慕他。类似的场面她从心底深处发怵，又不得不硬着头皮上。貌似商量，暗里较劲儿，架势拉开了，每句话都暗藏机锋，显然预先设计和演练过数次，比演员的台词还精准凌厉。

见招拆招吧，看着可怜巴巴的向前，康莲说："你哥要是不干了，我要是再年轻几岁，接下来最困难的几个月，倒也……"她没往下说，做出适当留白。

时光无法倒转，刘向群也不可能放弃私企的营生，每月领三百块钱的破产企业生活费，混不住啊。屋子里一片死寂，人们听见了彼此的呼吸声。

此路不通，王乐云另辟蹊径。她眨着眼，清清嗓儿，叫道："大哥，大嫂。"叫得拿腔作势，又绵里藏针。她的弦外之音是，甭管那么多，你是老大，你什么都应该，更何况老头可是带工资的。

王乐云像许多聪明女人一样，兼有几种面目。时而大方得体，时而精明市侩，时而撒娇弄憨，总能恰如其分。她的笑也分好几种，因笑肌牵引走向的不同，传达出种种精微的感觉，或欢快，或嘲讽，或得意，或佯怒，无论如何，她一笑，康莲后背上就刮阴风。

在她的映衬下，康莲显得生硬、无趣、笨嘴拙舌、善良可欺。献丑不如藏拙，康莲索性不再接茬儿。

沉默相持，胜负难决。刘向群假模假式地去上厕所，冲妻子使了个眼色。两分钟后，康莲来到走廊另一头，黑着脸问："闹什么幺蛾子？"刘向群一脸严肃，说："向前有难处，真留在他家，老爷子完得就快了。"

康莲心中一软，几乎要妥协了，然而这妥协的感觉多么熟悉。她胸中涌起一股悲愤："凭什么？我干吗那么高尚？为何每次吃亏的都是我？"这样一想，她的下巴扬起来，硬硬心肠，不就过去了。

刘向群叹口气，激动地说："你发现了没？咱爸到底是怎么摔倒的，他两口子到现在都没弄明白！”

关于摔伤有好几个说法。刘向前说，老爷子去倒茶水根，不小心在下水道边滑倒。王乐云说，老爷子越老越财迷，爱乱捡东西，捡东西时跌倒了。来探病的邻居说，那天家里没人，发现时都不知老头在院子里躺了多久了。

刘向群紧张地看着妻子，直到她缓缓点头才长吁出一口气。他连连作揖，康莲不理不睬，她走神了。

过往的岁月潮水般绵绵涌至。那老头是懦弱的老好人，甚至有点儿窝囊，一辈子就怕麻烦别人，羞于开口求人，性格拘谨，不识讨巧。那老头，她称呼他为父亲，已经三十多年了。

回到病房，两人一说决定，向来傲兀的刘向前赶忙说好话，他说：“让嫂子受累了，都知道你伺候得尽心。”王乐云故作踌躇，忸怩片刻，小声道：“我听医生说，再过半个月就能走了，跟从前一样。”刘向前责怪地瞪她一眼，康莲冷冷地说：“半个月会走，你做梦去吧。”

太阳往下一掉，病房里的阳光倏然消失，夜色降临，毫无迟疑。老头的眼皮悄悄地掀开了。康莲望着窗外，说：“都嫌他是个傻爹，其实他什么都懂。今天这出该回避回避，换个地方演。”

4

老头瘦得只剩一副骨架，身子却死沉死沉的。刘向群叫了几个小伙子帮忙，喊着节拍把他抬到楼上。这场景触目惊心，又透出一股巨大的悲凉，令人心情沉重。数年前，老头身材高大，有厚实的肩膀和修直的长腿。楼道的窗户开着，秋风往里灌。外头，梧桐树半黄不绿的叶子打着旋儿落下来。

老头落了炕，这是最恶毒的命运，人人避如蛇蝎。以前，老头时常忘记冲马桶，康莲捂着鼻子让他冲，他要面子，辩解说根本没变色，为了省水才不冲。现在，他早晨佩戴尿不湿，下午换尿裤子，夜里戴上接尿器。他失去活性的皮肤极易发红破皮，康莲细心地在接驳处垫上软布。以前，老头喜欢重复发问，令康莲不胜其扰。现在，他总是沉沉昏睡，叫醒了，犯了错般讨好地笑，蜷缩在轮椅里，习惯性地摸袄角，一遍一遍摸。两人相对无言，像囚在一起的哑巴。

每日里，他享用阳间的饭菜，维持肉身的代谢。装老的衣服已置办好，外套是宝蓝色的软缎，饰有复杂的盘扣、金黄的菊花纹，内衣是纯棉的，袜子、手帕、元宝也一应俱全，妥帖地收在衣橱里。为他体面地离去，万事已俱备。

有好几次，康莲忍不住对丈夫说："如果有一天，我傻了，脑子浑了，瘫在床上了，自己不能为自己做主了，你能不能替我办件好事，别让亲戚医生护士摆布我，拔了管子出院，停掉一切药物，让我死得好看些！"丈夫要么无话，要么搪塞一句："咱俩谁先走，还说不定呢。"

十一月初，小城迎来今冬的第一场雪。康莲推老头来到阳台上，他眯着眼睛向外看，丰满的雪花正悠然飘落。

他似乎记起什么，说："下雪了，把牛牵进来吧，煤球也搬进来。"康莲假意应承："好，我去牵牛，我去搬煤球。"他又说："娃娃。"康莲把箱子递给他："在里面。"他满足地点点头，怀抱箱子，静静地看雪。他来自二十世纪三十年代，遥远而苍茫的三十年代，也像被厚厚的白雪覆盖着。近年来老头同龄人的死讯纷至沓来，癌、心梗、脑溢血、糖尿病，在雪片般纸钱的飞舞中，在亲人拍着大腿的号哭声中，世界失去了他们。

天色渐晚，灯光在夜色中柔柔晕开，雪后的北方小城秀美沉静。康莲走到窗前，细声细气地说："该吃饭了。"他指着她，忽地冒出一句话："你对我这么好，你肯定是我娘。"他响亮地，自信地，冲着面前的女人叫了一声："娘！"

暖气片上的蝴蝶兰开得正盛，秀挺的茎条上抽出玫红色的朵瓣。窗子一角放着水仙，散发出冷幽幽的香气。白雪反射出银亮的光芒，照耀着他稀疏的头顶，他歪着头笑，极力表现得乖巧些。

听他喊娘，康莲本来是要笑的，可头皮一麻，鼻子酸酸胀胀的，没笑出来。

第二天气温骤降，空气干冷。康莲拿出两床棉被，对老头说："今晚加被子。"老头的眼神落在柜中的寿衣上，他问："是什么？"康莲想了想，说："新衣服。"老头眼里闪过一丝光亮，喃喃道："新衣服。"

渐渐地，老头能依靠助行器挪动脚步了，刚开始康莲把手放在他腋下撑着，最近几天老头扶着墙就可独自活动。这个晴朗的早晨，老头贴住墙根，双脚搓着地往客厅里走。康莲心想，或许，最艰难的日子已过去。

借着明丽的晨曦，她久久端详镜中的自己，她看到鼻子两侧和嘴角下面，四道不怀好意的皱纹更深了，像铅块一样把脸死死往下拉。这张垮掉的脸，耷拉着的嘴角，令她明朗的心情复又雾气缭绕，什么希望，什么未来，都被洇湿了。这样的日子，啥时算个头？

了断他？解放他？她忽然走上前去，推了他一下。老头惊叫着，五官因疼痛虬曲在一起。她心底升腾起一股快感，冷冷看着老头，老头扶墙而立，卑下而不知所措地笑。

半天，她把他扶到沙发上，说“别怕，别怕”。老头缩着脖子，奋力敛起自己的身体，似要变小了，化成尘埃，直至彻底消失。

她和他，两个老人，两败俱伤。

晚饭时，康莲对丈夫很冷淡。刘向群觉出气氛有点儿怪，不住地觑看妻子，灯下，她垮着一张脸，怨气在脸上凝成一层土锈色，他等着她说点儿什么。

饭后，刘向群来到厨房洗碗，康莲跟过去，盯住丈夫的后背说：“我不想被夸奖，也不怕被雷劈，我恨不得他死，或者我死。”

话是狠话，却说得低沉哀怨，声音像从深渊里传过来，带着回音儿的。康莲接着道：“上个月我第一次打他，是因为他把刚换上的棉裤尿湿了。旧棉裤拆了、洗了，絮上新棉花重新缝好，又晒暄了，晒暖和了，我花了一星期的工夫，他几秒钟就尿湿了。我打了他，我有罪。”

刘向群心里一阵刺痛，他停住手，转过头来，说：“爸总这样活着，他也有罪。”

他半是抚慰半是表决心：“老伴儿，明年我不干了，咱俩一块儿伺候。”康莲摇摇头：“厂子效益正好，你又喜欢在外面跑。”刘向群低声道：“我老了，也不愿跑，想趁跑得动给家里攒钱。爸半死不活的，你又有病，我人在外头，手机一响心就慌。我后悔啊，谁让咱觉悟太晚。”康莲抚着他腮边冒出的须根，酸楚地说：“悔什么？风光不风光，得志不得志，都不重要，你的身体最重要。”

此为他俩的痛处。年轻时不屑于钻营聚敛，到老才知道，家底薄心里就慌。生活的平和下埋伏着隐忧，剧烈的刺激则在一个夏日的傍晚霍然降临。那晚，两人仪容松懈，摇着蒲扇在路边纳凉。忽地停住一辆锃光瓦亮的黑色轿车，走下来一个人，向他们微笑，竟是旧相识。来人面色红润，身着剪裁良好的衬衫。言谈中他数次强调，这年月，谁还靠工资啊。不经意间又透露，他手里有铺头有生意。夫妻俩面面相觑，心头涌上末日遗老般的酸楚感。康莲笑容僵硬，唯唯附和。刘向群强作镇定，赔笑着道："留个手机号吧，以后常走动。"老相识装模作样地记，实际乱按一通，根本没记下。轻慢和鄙薄，都在动作里了。刘向群顿觉腰一软，他死命拽着宽松变形还有几个破洞的棉背心，似乎闻到一股酸臭味。内心的巨变终于到来，他失眠了几个晚上，决定找熟人牵线去私企。他像小伙子一样对妻子说，他要搏几年，时代变了，社会变了，留州越来越像大城市了，不搏不行了，不能只追求小农生活。他名片上印着"销售经理"，这样的经理厂里有几十个。业务是主销土工材料，跟傲慢的工程二包、滑头的中间商打交道，去掉几层皮才是赚头。销售额和回款每月都有硬指标，精神压力大，好在只要跑成一单，收入就颇可观。他憋着劲儿挣钱，家里的担子便落在康莲肩头。康莲时常想，忘了从哪天开始，她身处的这座小城市也变了，人们特别需要钱，特别喜欢买东西。她说依她看，用不了几年，这里也快成深圳了。夫妻俩互相倒苦水，也体谅着对方的坏脾气，只为手里攥住钱的那份踏实安全。

过日子，就是你哄哄我，我哄哄你。这晚，刘向群低声下气，还用双手拿住她的一只手，去掴自己的脸，问："解恨吗？"他真用劲儿了，康莲来不及缩手，啪的一声响。

她嗔怪地看着他，说了一句软和话："我憋屈得慌，都是气话，别当真。其实你也不容易，这个年纪了，动不动就坐一夜的火车。"

大部分时候，她有能力调节自己的情绪。老头是她的一粒赘疣，一处增生，一颗粉瘤，已经长死了，和血脉连成一体。在内心最幽深也最脆弱的地方，当恶念像幽蓝色的火苗往上窜时，她自卫一般，在乾坤朗日、明月清风之下，浇灭它，踩熄它。

刘向群继续安抚，提议道："等天气暖和了，晚上我看护，你出去放放风。"康莲腾地坐起来："我不怕冷，你不说还好，你一说我心里就痒。"她瞥见老头，神色暗淡下来："可惜咱住楼，不然，也能推他出去转转。"刘向群心中一动，试探着道："人活着不能总不着地。年底奖金发下来，咱买座平房小院行吗？"康莲说："怎么不行，这石灰盒子早住厌了。"刘向群放了心，催促道："走吧，下去转悠转悠，跟老朋友们多玩会儿！"

康莲下楼了，她听见自己的心跳声。夜风清凉，广场上灯光通明，有跳舞的、踢毽子的、打太极拳的。她专往人多的地方凑，听人家聊什么都觉得新鲜，所见的脸孔无不可爱。

人们记得她，友善地点头致意，哦，是这个女人。她上过班，有文化，爱脸面，端庄人妻，孝顺儿媳，能将牢骚和怨气控制得很好。

"是康莲呦，好些日子没见了，"李汉庭徐徐走过来，掐指一算，"哎呀，三个多月。"老李客套几句，便谈起老头的骨折，他一脸诡秘之色，说："行动不便是好事。"接着，他问康莲："下大雪那天，还记得吗？"康莲点点头，她想起公公看雪的样子。

老李神色凝重地讲起雪夜的故事。主人公叫老谭，也是阿尔茨海默症，提前喝下了孟婆汤，但心肝肾这些大件儿没问题。老李说："老谭的女儿是好样的，一个大学教授，为了伺候老爹提前内退，一伺候就是七年。老谭可真不省心，下雪那天跑了，家里人出去找了半夜，等找到他时——"老李顿了顿，倒吸口气，"啊呀，老谭直挺挺站在河边，身上全白了。"康莲问："人完了？"老李答："冻透了，没救过来。智力不如猫狗，腿脚却利索，说不清会出什么事，淘不完的神哪。"

初冬，夜空高远明净，清冷的月光铺了一地。此种幸运，她羞于仔细分析，也不敢尽情体验。

5

几年来，每逢农历新春康莲都为老头订做新装，一身挺括的中山装。老头是1949年前参加工作的老革命，一辈子制服洋褂，板板正正，气气派派。村口树下的妇女们经常议论，说他是个爱美、爱干净的男人。康莲印象最深刻的是，他有一条驼色带穗綵的长围巾，从胸前随意地往肩上一搭。他个子高，膀臂宽，标准的衣服架子，又兼四方大脸，鼻梁高挺双目有神，有一种老派的英俊。他推着大梁自行车，走在秋天高朗的天空下，像从电影和油画里走出来的人物。

岁末，康莲把女裁缝请到家里。康莲架起老头的胳膊，女裁缝甩开皮尺，一捋，一掐，摇摇头，像在自说自话："身量缩了不少，今年是个坎儿。"送走裁缝，看着呆滞的老头，康莲自言自语道："明年八十六，多吉利的岁数，闯一闯把年关过了吧。"

日子一天天流向春节，老头的健康状况并未好转，一种不安的气氛开始在空气里潜滋暗长。老头白天昏睡，夜里睡眠浅，醒了见窗外有光就去砸卧室的门。刘向群迷迷糊糊起身，责备道：“三更半夜，起来干吗？”老头一脸无辜，说：“天亮了。”刘向群强忍困意，急吼吼地说：“才两点，是路灯亮，是过大车呢，车灯一闪一闪的。”他为老头脱去衣服，命令他继续睡。康莲也醒了，她悄悄来到老头门口，发现他躺在床上，双目圆睁，像两口干涸的古井。她心里惴惴的，这样下去怕是要出什么事。

就这样，他再也分不清黑夜和白天。他身上散发出老人特有的腐肉气味，晨昏颠倒，饮食无味，只在吞药面时咂咂嘴。生命中重要的收放亦不受控制，失禁和干结戏剧性地轮流造访。他的魂灵似乎找到一个出口，先期去了另外的世界。他干抽抽、轻飘飘的，忘记从哪天开始，刘向群抱得动他了，像抱小孩儿一样在轮椅和床之间抱来抱去。

又过了几日，老头开始拉稀，输液输了几天也不见好，便有人隐晦地提醒，这是在清肠。他的呼吸变得很轻，漏气了，屎尿都拢不住。他的肚子塌成一个坑，胯子骨如一把薄刃般立在身体上。康莲不得不承认，老头的日子不长了。丈夫的话入了她的心——人活着，不能总不着地。她盼望老头活过年节，也盼望丈夫年底领回绩效奖，明年开春他们去挑选一户平房。不用太大，有个小院落就好，可供老头在院子里呼吸呼吸新鲜空气，晒晒太阳。

转眼步入腊月，年味扑面而来。腊八这天，女裁缝送来新上衣。老头一试，贴身可体。裁缝拔脚便要走，康莲让了让，裁缝说不坐了，一摊子事等着她呢。这时，老头嘴里叽里呱啦的，裁缝瞪大眼睛，康莲解释道：“他这是留你吃饭。”裁缝略一迟疑，笑着说：“心领了，真是个仁义老人。”

叠好新装往衣橱里放，康莲见到寿衣，刺了她眼睛一下。她心里不舒服，把新外套压在寿衣上，用力一按。老头的眼睛瞄过来，目光迷惘，他一句话也不说了，只是喘气。对他来说，活着像一个诅咒。

那些脑子清楚的老人，深知每天早晨如常醒来都是捡来的。他们对自己的后事不再避讳，用一种积极、虔敬、完美主义的态度迎接备办。康莲的外婆说过，人一辈子坐两回轿，结婚时坐红喜轿，死了做棺罩帷的轿，尤其白事上不能抠抠搜搜、手忙脚乱。外婆是有点儿仙气的，忽地有一天，她说，灯快灭了，我要走了。从那天起，她一心一意为自己操心，寿衣是手工缝制的，针凿精细，里三层外三层，实实在在的六件套衣物。布料预先过水、展平、晾晒，成品散发着棉布淡淡的清香和若有若无的阳光味道，像一层层肌肤般温暖、光滑、服帖。最里面的一层，袖口打着优雅而隐秘的褶皱，宛若年轻公主的亵衣。寿鞋上绣上朵朵莲花，那一日，将脚蹬莲花而去，外婆是多么坦然、安心、欢喜、完满。康莲望着老头，他已经老到即刻死去儿孙也不会真心悲痛了，却还在活。

她不愿再往深处想，逃开他，躲进厨房。早晨泡上的米豆已胀鼓鼓的。她用大火烧开一个滚，接着调成文火，让坚硬顽固的种子慢慢地熬。

粮食的香气弥漫开来，她鼻孔一张一合地闻着。老头什么都闻不到，木然而坐，体臭浓烈。他咳出一口痰，旋即咽下去。他的颧骨暴烈地往外突，左边比右边略高。他的眼珠昏暗无光，眼袋异常肥大。这是一张陌生的脸，完全走了样。进入暮年后，特定的时刻，老头的面庞会绽放出短暂的光彩。那是大年初一上午，侄子、外甥从十里八乡赶来，欢聚一堂。老头端坐在上座，接受着晚辈浮泛的尊敬。席间，人们预言他活过一百岁，循例说着“红光满面”之类的吉利话。人情通达的亲戚也不忘为康莲表功，赞美她“伟大”云云。老头存在着，使拜年有了必要性，“团圆”二字实至名归，交往和走动师出有名，父慈子孝，家族之树葱郁繁茂，枝叶纷披。

烦恼自然难以启齿，苦楚只能心照不宣，捂得严严实实，小心不可捅破。显然，老头已跟不上酒席的拍子，他的眼神惊虚虚的，应景的笑容不时闪过一丝软弱，偶尔简短问答却毫无底气。他多礼了，他只需静静端坐，就为节日增添了喜气、和美和幸福。人们渐渐生出美好的错觉，他和蔼、慈祥、睿智，历经沧桑，笑意淡然，高寿更使他具备了神奇的力量，仿佛在暗中庇佑着后代的生计和前程。终于，人们闹哄哄地聚完了。作为虚幻的大家长，他完成任务，疲惫地回到沙发上，犯困，打瞌睡。他热爱垂下的窗帘，昏暗的光线掩护了他，沙发的坑窝妥帖地包裹臀部，令他觉得柔软安全，像洞穴，像母亲双臂围成的圈，箍牢了他，不撒手。

团聚宴即将到来，老头的脸上还能像往年一样绽放光彩吗？

晚上，刘向群回到家，见茶几上放着一碗八宝粥，冒着热气呢。康莲接过丈夫的羽绒服，说：“冰天雪窖跑了一天，先喝碗粥。”她转身走向厨房，刘向群注视着妻子的背影，在黄昏暗淡的天光里，她的白发分外触目。几年前，她曾懊恼地说，头芯那钻出几根白头发，让他帮着拔掉。她有一头乌黑油亮的好头发，内心很引以为傲，也爱惜了半辈子。可如今头发已全然灰白，一根一根，像秋后的干萝卜缨子，又经了霜打，干巴巴的，带着一股萧索气。她的背也驼了，骨头变了形，令人心酸地弯着。

刘向群打定主意，再赚钱明年也不干了，回家安心守着父亲和老伴儿。

寒冬的夜晚，刘向群卸去重负，睡得格外踏实。同样在这个夜晚，康莲被外头接神的鞭炮声惊醒。一阵胸闷心慌，小腹胀胀的，看来又要起夜。

她拧开门锁往卫生间走，黑暗中，她吓了一跳。沙发上坐着一个人，石雕般一动不动。苍白的月光打在他脸上，他眼神放空，面无表情，身上穿着宝蓝色的寿衣，荧荧地泛起绸缎的幽光。

她的腿像煮烂的面条一样稀软，身子委在冰冷的地砖上。衰竭从心口传导过来，疾如闪电，后背和肩膀针刺般地疼。

眼皮沉重地往下垂，在若明若暗的缝隙里，她看到逝去的父母。母亲死前瘫痪床褥多年，零零碎碎地受苦，内心羞惭悲痛而口不能言；父亲的逝去则被人津津乐道，他前晚吃下一大碗肉，翌日清晨，母亲发现他已停止呼吸，面色安详，毫无痛苦挣扎的痕迹。他在一夜中泅渡漫长黑暗的生死间的苦海，生命虽戛然而止，但人们对好来好去的艳羡掩盖了他暴毙的实质。亲人纷纷赞叹，有福气，老康是前世修来的。想到父亲，她四肢舒展，放松的脸上自然地浮现出一抹笑意。她的身体感受到一种前所未有的轻盈，像是，到家了。

烟花在窗外粲然绽开，又瞬息寂灭。此时她无比想念女儿。这几年，她和女儿见面很少，好的时候一年两次，更多的是一年见一次，来去又匆匆。她看到远方的女儿抱着外孙，外孙的手臂像莲藕一样圆润白嫩。她即将离去，她因而无比欣慰，真心实意地为女儿感到高兴。她是个老人了，能为孩子做的实在不多了，要么健康，要么速死。

她还有最后一丝意识，她想告诉穿寿衣的人，你叫刘长瑞，刘长瑞。她想带他走，一同往生极乐。她是老头跟这个世界的唯一联系。在他斑驳的记忆和狂野的虚构中，有时，她是初恋情人，在老家的乡间土墙上写情书示爱的热烈女孩儿；有时，她是姐姐，省下自己的半勺麻汁浇到他面碗里的姐姐；更多的时候，她是他的母亲，即使他神憎鬼厌，依然无条件爱他的母亲。

一切都快要结束了。她闭上眼睛，听到丈夫慌乱的脚步声，接着闻到药丸熟悉的气味，苦而凉。她瘫在丈夫怀里，听到他喊："你得活着，得活着。"恍惚间，遥远的天空中仿佛也传来恶作剧般的叫喊声，让她活着，让她活着！她接上一口气，悲喜交加，原来，还是走不了，还要熬下去。熬下去。

净尘山

1

岭南，四月，梅雨懒懒下了十几天。夜色随着细密的雨丝一起落下，天地万物笼罩在迷蒙的雾气中。

在这样一个幽静的雨夜里，张倩女的父亲会唱昆曲。

劳玉说："教曲儿的时候，你爸穿松身的白色麻纱上衣，前襟绣着细长的银色竹叶，裤子是拷绸，烟灰色，那颜色真显干净。你爸站起来，像一绺轻雾升起，坐下去，是慢慢卷起的一幅水墨画。他端坐在讲台上，一把素折扇，一枚鹿角扳指，一板三眼地拍曲。

"你爸最喜欢《孽海记》的《思凡》一折。他倒吸一口气，'小尼姑年方二八'，寂寞有多长，'二'字拖得就有多长，声音化成了水，流出来，一滴连着一滴，叫人听得心里直哆嗦，不敢打断，也不忍打断。末了一个滑腔，这音马上要断的时候，又放一点儿精华出来。独角戏难唱，上来就要把观众勾住了，吸紧了。

"他还喜欢《玉簪记》的《琴挑》和《秋江》，他说，男女间的情事，隔着一块毛玻璃时最美，看得见，又看不清。演潘必正的巾生最好是长脸盘，眉清目朗，有股坦荡之气。你父亲清唱起来：‘伤秋宋玉赋西风，落叶惊残梦……’下头一群爱好者，粗声大气地跟着唱。他摆摆手，‘梦’字的意境不对，是书生残梦。他抿着嘴，‘梦’，收一收，音要蜿蜒到鼻子里去，昆曲的发声讲究清扬，不兴扯着嗓子使蛮力，不能有‘火气’。”

世界变了，梧桐和青鸟的生命，气若游丝地在字面意义上延续，已是一缕余绪。梅雨柔韧，从未过气，每年由虚构步入现实，遮天蔽日，连月不开，将现代世界笼罩在它古典婉曲的气质里。恍惚间，张倩女觉得，天上的雨是一直没停。连串的爱情传奇像晶莹的雨珠，渐渐濡湿了她的心。27岁的梅雨之夕，父亲倜傥地摇着素纸扇，用一出出浓情缱绻的折子戏，注释着爱情亘古不变的魔力。艳丽的红尘卷轴在她眼前妖冶地铺展，她的心思，一下子活泛起来。

劳玉松了一口气。虽然此时做父亲的远在留州，但这位异乎寻常的父亲，对女儿有一种微妙的影响力。多年前的某个夜晚，他潇洒又决绝地宣布了一项重大决定，那孤胆英雄般的姿态，被年幼的女儿铭记在心。这些年女儿不黏爸爸，不跟爸爸靠得太近，或许就是因为心怀敬畏。

电视开着，一个韩国男演员正在综艺节目里撒娇，雪白的脸，眼波潋滟，红唇微张。张倩女看得艳羡，不由叹一口气。在这个连男色都要消费的时代，她的个人形象却出了大纰漏，分辨不出年纪，甚至模糊了性别。人群中，她极易脱颖而出，那身架那膀子，在拳击手里也算强壮的。胖能把一个人完全变成另外一个人，把秀气的葱管鼻变成蒜头，让纤巧的瓜子脸化作面盆。胖是“少女感”的致命敌人，无论芳龄几何，胖子必是大妈。

几年来，她吃过不少药上过不少当，也尝试过各种怪异的瘦身食物，仙人掌、葡萄柚、酸得倒牙的泡山楂，均无传闻中“越吃越瘦”的神奇。她经历了炼狱般的断食，辅以高温锻炼，肉掉得越快，反弹就来得越剧烈。去年，她满怀希望地来到针灸美容店。她垂手而立，技师摸着下巴审视良久，决定先针对胸部进行针灸。作为未婚女孩儿，胸部和臀部最碍眼，太过硕大笨重了。半个月下来，效果显著而惊悚，张倩女在镜中看到一大一小两个乳房嘲讽般地挂在胸前，所幸，屁股还未遭毒手。

又一个大泡泡破灭，尚在妙龄的张倩女把自己掼在地上摔成了碎瓦片。最后的防线失守，接着一溃千里，大吃大喝了半年。美丽，以及跟美丽相关的一切，都已彻底背离了她的人生。

今晚，父亲和戏曲释放出的爱情气息，像初春的柳絮四处飘舞，粘了她一身，带来细碎又真切的希望。她想，这次减肥可能会不一样，说不定真能减下去。她信誓旦旦地对母亲说：“必须改变了，去商场买衣服，服务员连试都不让试，光憋着气没用，我要瘦。”

这个夜晚是恶战的前夜。在越来越结实的黑暗中，张倩女的记忆像高热的温泉水一样喷涌翻滚，她孤身游荡到过往的减肥史中。熟悉的战场，熟悉的下定决心和志在必得，还有，毫无悬念的战败。

趁着夜色，肉味儿攻过来了。

那晚，在单位的聚餐上，肉味儿攻过来了。那味道，心机深沉、不动声色地往孔窍里钻。张倩女感到身体深处急促剧烈地震动着，震动声在虚空的胃里遽然响起，她清醒地感知到，有什么东西崩塌了。餐桌托举起斑斓的感官盛宴，金红色的化皮乳猪，粉艳的腊肠，洁白的鱼肚儿，鹅黄的芝士焗生蚝。酥脆，柔韧，甘美，滑嫩，果木香，柴火香，鲜香，焦香。胡椒，豆蔻，豉汁，月桂叶，芫荽籽。垓下之围，四面楚歌。食道里伸出一只手，充满绝望感的手，没命地往下拽。她专拣肥腻、油炸、麻辣的食物往嘴里填，报仇般大力撕咬着，直到嘴角淌下油滴。坚守和隐忍被融成碎片继而化为齑粉，疼痛感和负罪感像发大水一样灭顶而来，与此同时，销魂的饱胀感传送到全身，腾云驾雾，灵魂出窍。多日挨饿的辛苦、多次饭局上呆坐讪笑的尴尬，都化为乌有，全是无用功白折腾，接着，迎来新一波不可餍足的暴食和无法逆转的复胖。

张倩女的手在黑暗中划过，像在驱赶邪恶叵测的肉味儿。

第二天清晨，劳玉战战兢兢地端出麦片粥和白煮蛋，特意用鲜艳油润的彩陶餐具盛放，营造出丰赡可口的假象。张倩女边吃边说：“还是麦片健康，刮油涮肠子，太适合我了。”

吃完早餐，她来到公司。走进公司的一瞬间，她恍然生出时空错乱之感。玻璃门上映现出她第一天上班时的样子，身姿轻盈，笑容明媚，对世间所有美好都心怀憧憬。不过三年时光，那身形正常的女孩儿已如梦境般杳渺，现在的她，是个充满歧义的存在。她感到一阵惊惧，从头到脚浸漫下来的惊惧，呆立半天，还是走进去了，像被某种无形而澎湃的强力吸进黑洞和漩涡，她走进公司，坐在电脑前。

电脑是被锁住的，机箱后面有个盖子把接口封死，不能插U盘，也不能上网。一坐在电脑前，她就把自己凝固成一块顽石，除了Debug

（意指排除程序故障），什么都不想。墙上贴着一张纸，上面写着一个日期：2013年12月1日，这是寒光凛冽的最后期限。对电子产品来说，时机就是钱。作为项目经理，进度就是一切。市场上竞争对手多，电子产品的价格又往下走，早一步赚钱，晚了不仅赚不到钱，还要亏。她管理的研发团队，成员大都是刚毕业的大学生，氛围还不错。每次接到项目，她先鼓吹团队集体的荣誉感，失效后开始描绘年终奖的诱人愿景，冲刺阶段就不得不亮出梯度考评的必杀技。她本人也是个不可忽视的感染源，用勤奋感染着大家，全然不顾“劳心者治人”的古训，仍在研发一线解决着具体的技术问题，是项目组里最能坐得住的人。

她把自己锈在了机器里。

连着三天她都在Debug，连着三天晚餐也都是蔬菜，圣洁寡淡的蔬菜。她挑起一根捅进嘴里，扯动起咬肌，艰难地咀嚼着，跟吃草一样，跟吃牲口吃的草一样。焯过的菜心，丢失了水分和弹性，口感软塌塌的，干抽抽的，是剔去筋骨的空洞感，像糠了的萝卜、絮了的柑橘。

窗外是四月的黄昏，雨刚停住。植物枝叶焕然，鲜亮簇新的翠色，水意从里往外弥漫，上等翡翠般莹绿透亮。

晚餐时段的空气是热闹的，似乎随时会爆出噼里啪啦的声响。它涵藏住家家户户的饭菜香味，彰显着世俗生活的喧腾可亲。饱满滞重的油烟混合着南方傍晚沉甸甸的潮气，形成了凝胶般的质地。不知谁家蒸了新米，被水汽唤醒的新米散发出稻花的清香。楼上的四川少妇又做回锅肉了，先用花生油爆炒辣椒，生辣椒有股四下窜动的冲劲儿，接着，五花肉从锅边溜进滚油里，白滑如玉的脂肪痛苦而欢快地绉缩起来，逼出一股来自动物油脂的、悠久的地老天荒的香味。

香味越来越稠厚，一波波潮涌而至，极具分量感和挑动性。香味里伸出毛乎乎的小爪子，撩一下，又撩一下。劳玉看到女儿皱起鼻子，长长地吸了一口气。她警戒地站起来，似乎要用肉身抵挡住这次奇袭。

张倩女没动摇，她只是默然走到窗口，伸长脖子，就着空气中婀娜的香味，在转化挪移的幻觉中，吃掉整盘青菜。

劳玉拉她坐下，捋着她的肩膀说："倩女，再忍一忍，再忍几天胃就饿小了。"

张倩女说："现在还好，晚上是最难熬的，光盼着明天，盼着明天吃点儿东西。"

她眼睛忽闪一下，问："除了昆曲，我爸还会什么？给我讲讲，转移一下注意力。"

劳玉笑道："这几年没有新学什么，他的圈子也散掉了。"

张倩女说："那就讲讲你们年轻时候的事吧。"

劳玉说："讲过很多遍，还想听？"

张倩女说："我爱听。"她在心里默念："说起来，我俩都是爱美的人。"

劳玉开始了，她把语气调整得很沧桑："说起来，我俩都是爱美的人。"

"年轻时，我的辫子跟别人编的不同，我把辫子里编进一条蓝底白碎花的飘带。那天早晨，我去医院上班，他在街上看到我的背影，辫子里有碎花飘带的背影。为了找我，他跑了几条街，跑得脸上汗涔涔的。他是降落在我面前的，真的，从天而降，拦在我面前，说：‘我可找到你了！’”

每次说到最后这句话，劳玉就陡然提高音量，仿佛祭出一句梦幻动人、又饱含着宿命感的咒语，仿佛有此一瞬，人生便已了无遗憾，日后诸多苦痛，有这份狂喜打底，便足以让她保持缄默了。

张倩女配合地露出神往的表情，虽似戏文里的故事，但她从未怀疑它的真实性，正因为相信那华丽而薄脆的美，才愈发惋惜，格外伤怀。母亲幽幽缅怀的语调又一次把她拉回到留州的家：一栋青灰色的二层小楼，一座花木摇曳的院落，一个沉静松弛的窗下人。少女时代的张倩女拥有一扇二楼的窗子。她喜欢独坐窗下，先花点儿时间和自己相处，再眺望窗外的世界。她熟悉院子里每一只雀鸟，知道傍晚时分远处的屋顶上会起一层淡淡的薄雾，后来的日子里，她再未像那时一样敏锐、充满灵性和容易喜悦，她和万物心有灵犀，能察觉到任何细微的变化，她一片痴心地牵挂着天空的阴晴雨雪，她时常伸出手去，抚摸广玉兰叶片上厚厚的、滑溜的蜡质。那时，她饶有兴致地窥探院子里的父母，大部分时候，他们是各安其分的一对夫妻，偶尔，他们像各自怀有什么秘密，沉思，叹气，在对方的眼皮子底下瞒天过海。她朦胧意识到，生活自有其晦暗不明的某个部分，混沌、庞杂、幽深，甚至惊心动魄，让她思绪纷乱，似懂非懂。

那阴影斑驳之处，依旧未被照亮。饥饿感蓦然袭来，她赶紧喝下一大杯水。

若是往常，劳玉的讲述会到此为止。不料，今天她多说了几句。

“多少年了，我们一直想去留州西郊的净尘山住两天。山顶上有一座湖，有一尊释迦牟尼像。山上的房子是乳白色的，窗前垂下镂空的米色纱幔，推开窗子，是一大片绿色的湖水，湖面上落满花瓣。去过净尘山的人，都这么说。我们也不知道在忙活什么，始终没去成。”

这是张倩女第一次听说净尘山，她记得留州西郊有片荒山，想必这两年被人看中，开发成旅游休闲区了。应该是个旖旎迷人的地方，母亲说到净尘山时，眼睛里像有晶亮的水银珠子在滚动，像缎子面在灯光下刚刚展开，忽然有那么一下，亮得晃眼。

这种珠子般的亮光，她也曾在父亲的眼睛里看到过。唯独她没有，她一点儿都不像自己的父母。

她暗暗叹口气，说：“妈，我工作后反倒没让你省心。要不是为了照顾我，你和老爸也不用分开，别说净尘山了，你们的时间足够漫游全国。”

劳玉摇摇头，什么都没说。

淡淡的惆怅弥漫开来。她们同时想到，减肥才不过三天，这跟食欲较劲儿的日子，真熬炼人啊。

减肥减到一周时，张倩女的身体和意志正无限接近着溃散。她稍微一动就头昏眼花冒虚汗，肚子里没有一点儿油水了，她不断在幻想中大嚼辣子鸡块、香酥羊排、脆皮烤鸭，不停地吞咽丰沛的口水，她想把胃整个儿泡到油里，油津津地发光才过瘾。

这晚，张倩女坐立不安地捧着一台平板电脑，在美食论坛间切换，浏览着红烧带鱼、粉蒸牛肉、油焖大虾的图片，她迷恋这些颜色和味道都很浓郁的食物，镜面屏幕细腻的分辨率显得菜肴愈发诱人，酱汁闪耀着天然珍珠般的光泽，上头仿佛笼着一圈柔和的虹晕。她的脸和美食越贴越近，劳玉听见很响的咂嘴咂舌的声音。

她暗叫不妙，怕女儿故态复萌地哀求她：“妈，行行好，给我炒两个鸡蛋去。”她赶紧提议：“倩女，睡吧。”

黑色平板传出嘀嘀的响声，张倩女说：“等等，高中同学群里有人说话，这群好久没动静，今天怎么活了？”

提示音一声连着一声煞是急促，她点开看了一会儿，脸色变得很凝重。

她说：“高中毕业整十年，大家都想聚一聚。”

劳玉说：“高中同学聚齐了，不容易吧。”

她说：“都四海为家了，很难聚拢。除了留州的一拨人，剩下的分散在几个大城市，初步决定按城市各聚各的。”她想起自己的模样，身体稍微一动，肉就像水一样起伏波荡，不是清鲜的汁液，而是质地浑浊黏腻的脓水，好似内瓤沤烂了的冬瓜，她不禁打了个大大的寒噤。

劳玉却精神大振，她闻到一股气味，天赐良机的气味。对减肥来说，再没有这么好的契机了。之前一直减不下去，或许就少个如此重要、逼得人毫无退路的聚会。她说：“高中同学情分最厚，十年又是整数，倩女，你得参加。”

两人一算时间，离聚会还有半个月，微弱的近乎衰竭的减肥动力忽地强劲起来。劳玉面露喜色，她心里有一种隐隐的感觉，好像减肥得到神秘力量的加持和庇佑。张倩女也感到能量成块成块地涌过来，重新注入她的体内。

此后的日子，军心如铁，气势如虹，张倩女满足于各类低卡而富含纤维素的蔬果，毫无怨言，她甚至很少坐下，看电视也站着，扭腰，抬臂，半蹲，踢腿。

半个月后，重要的时刻到来了。量体重无异于一次审判，张倩女赋予其庄严的仪式感。她先排空体内所有的废液，再不停地高抬腿跑，最后，她除去衣物，近乎全裸地站上电子秤。她垂下头，怯怯地张开眼睛。

跃动的数字扎疼她的眼睛，她虚脱般靠在墙上，颓然道："三斤，才三斤。" 直到现在，她都不能接受这身肉是属于她的，好像只是携带着它走来走去。但一说减肥，身上的肉似乎就收到警示的讯号，它们变得沉默、眼神诡异、蹑手蹑脚，态度却愈发强硬，不是临时驻扎，而是永久居住。

劳玉扶住她，宽慰道："是个好开头！记得有一次你饿了好几天，一称还重了呢。"

晚上，张倩女掩耳盗铃地穿了一袭黑色长裙，惴惴地来到酒店。大堂里站着一个年轻男人，男人的眼神冷淡地在她身上掠过，继续往外张望。可她一眼就认出来了，她叫道："李凌飞，副班长！"

她的声音没有变。李凌飞眨着眼，说："张倩女？"他叫出名字前几秒钟的犹疑，他欲言又止的惊疑又玩味的样子，让张倩女好不容易积攒的信心，刹那间，散成一把细沙。

高中同学的分化本就严重，何况又在异乡相聚，总共凑起来七个，大都是当年班主任宠溺的红人儿。所以潘舒墨出现时，气氛陡然一变。张倩女心里也咯噔一下，真没想到会遇见他。说起来，潘舒墨也算个人才，会说相声，会弹吉他，会写毛笔字，可惜成绩一直徘徊于中下游，后来听说只上了大专。众人的眼神里，带了点儿审查和透视的意味：他不该出现在这里。

男同学为聚会精心准备了这几年的“履历”，于不经意间透露一二，又有知情识做的托儿，顺势吹捧一番，一时其乐融融。女同学甫一听说聚会，就兵临城下般地节食、美容、配衫，并在当日化好繁琐的妆，在水晶吊灯的照耀下依次亮相，容色鲜妍欲滴，像刚刚完成了一次精细的抛光。

他们表面看起来还好，溜光水滑，没有硬伤。这晚，张倩女的伤口却一次次被掀开，等不到干结成痂，又一掀到底。往日的同窗一打照面就说：“倩女，你怀孕了呀。”不是发问，是笃定的恭喜语气。

她对此不置可否，唯恐引发同学们探询钩沉的兴致。她勉力维持笑容，浆洗过的笑容，腮帮子渐渐感到酸胀。聚会进行到一半主食还没上，她就想逃走了。

是潘舒墨让她稳住阵脚。

她和潘舒墨是神似的，表情和动作里都敛藏着缺陷、短处、禁忌之类的东西。后来，她注意到，大家提议交换家庭住址时，他全身一僵，借故上厕所，回来时又在门口踟蹰片刻，确认转换了话题才重新回到餐桌，并暗自舒了一口气。

酒意和夜色一起变浓，大家开始扎堆吹牛，她和他也自然而然地坐在一起，互相掩护着对方。她内心升腾起强烈的预感，他和她不会到此为止。两人没有故作热络地聊天，却悄悄完成最深层次的沟通，

满怀着并肩作战的相知相契、相依相靠，似在共同对抗某种难以名状的压迫和伤害。

2

聚会过后，张倩女对自己的要求更加严苛，在单位吃午饭也不碰淀粉和肉类。劳玉喜忧参半，一会儿觉得女儿成功在望，一会儿又担心她方式峻急伤了元气。

周末，张倩女在柔和的晨曦中醒来，是个淡蓝色的清明的早晨，雨季过去了。她走到窗边，看见一只长尾白鹡鸰轻盈地在空中滑过，纤细的双足一钩，落在树枝上，树枝荡了几下。

早晨的空气有几丝淡淡的青草香，她拉伸身体，感觉四肢轻盈，双臂舒展如缀满羽毛的翅膀。这美好的幻觉促使她拿出了电子秤。她排空体内所有废液，除去衣物，近乎全裸地站上去。

数字梦幻惊艳。她不敢动，唯恐那数字是露水，轻吹一口气就滚落进尘埃，灰飞烟灭。她用眼睛盯紧数字，轻轻蹲下，用手抹抹表盘。

她听到一声欢呼。四下无人，半天她才反应过来，这颤抖的欢呼声是自己发出的。

正在阳台晨练的劳玉走进来，凑近表盘看了看，一看，这位素来冷静的女医生竟蹦起高来。

从80公斤到75公斤，整整10斤的战果，堪称大捷。

时机正好，劳玉顺势提出：“倩女，要不去相个亲吧。男孩儿研究生毕业进了深圳的一家研究所，老家也是留州的，知根知底。牵线的阿姨磨叨好久，我一直没回话呢。”

张倩女皱紧眉头，说：“才减下来十斤，我基数太大了，现在就出去吓人，行不行？”

劳玉说：“先见见面，就当交个朋友。”不顾女儿还在犹豫，她赶紧打电话联系，把约会定在了周日晚上。

张倩女吸取同学聚会的教训，那条黑色长裙穿在她身上，营造出了乌云压城而来的末世灾难感。唯有高挑削薄的女孩儿，才能空荡荡地挂着长裙，挂出仙风道骨、飘飘林下风致的韵味。她仍然没有凹进去的腰身，却鼓足勇气系上一根腰链，勉强粗勾出模糊的曲线。

她早早来到约会地点，靠窗落座，利用光可鉴人的玻璃，摇头晃脑地对自己进行审查。胖女人永远没有磊落，穿衣镜前所有的努力都为隐匿和掩藏，为制造“显瘦”的错觉。桑蚕丝，雪纺，塔夫绸，任何轻盈飘逸的面料，接触到她雄健的体魄，都是一次血肉模糊的相撞，绷在身上一点儿都流动不起来。她驾驭不了简洁时尚的紧身衣物，更不适合繁冗拖沓的民族风。她致力于达成科学般精密的“可体”效果，又技巧地选择了拉长颈部的V领。正拨弄着头发，忽然在玻璃上看到有人朝这边望过来，她猛然意识到自己的丑态。

她只好端坐在座位上，不一会儿电话响了，一个年轻男人张望着走进来，应该是徐辉。她拼命吸着肚子起身打招呼，并在微笑时紧紧收住下巴。

她特意将约会地点定在光线迷离的咖啡厅，也自认为向徐辉展示了个人最好的形象，本来，她对这次相亲抱有谨慎的乐观，但却发现，徐辉的脸被冻住了，迅速挂上一层严霜。这表情，她太熟悉了。

失望，惊愕，受了冒犯般的自怜，以及已无法控制的嫌恶。

点完饮料，徐辉把头转向邻座。邻座的两个女孩儿猛然一看，长得竟是一样的，密实的假睫毛、羊脂玉般的肤色、粉嘟嘟水光釉面的嘴唇，虽落窠臼，却依然赏心悦目。她们都穿着娇俏的蓬蓬短裙，露出弧度优美的小腿和玲珑的脚踝。

为了不冷场，张倩女只好不停说话。徐辉不跟她做任何眼神交流，只使用简短的语气词应和，他看起来相当不兴奋。张倩女并不生气，是分内的待遇：胖子都没脾气，胖子都是烂好人，胖子谈不上性别，胖子心里敞亮，胖子无论被同伴怎样冷落或埋汰，都不能介意。

趁她低头喝咖啡，徐辉伺机从裤兜里掏出手机，一惊一乍地说："哎呀，忘了单位还有点儿事。"他拿出一百块钱，快而用力地捻了捻，这才放在桌上，说："不好意思，真不好意思。"

张倩女久久地摩挲着这张纸币，受宠若惊。以前见过的男孩儿，有不到三分钟就借故先走的，有莫名地得了理让她请客的，相形之下，徐辉真是忍辱负重，涵养过人。徐辉起身离开时，她想厚着脸皮对他说："我自食其力能挣钱，也愿意匀出精力来照顾家庭，把方方面面兼顾好。"到底没说出口，看样子他又是个"唯美"的实用主义者，不会看在收入的份上和她相处一段日子，发现和享用她的贤良。不到三十岁的男人，大把光阴，机会无限，精明也是有骨气的精明。

还顾不上为自己伤感，她倒替牵线的阿姨担忧起来。之前几位介绍人，事后都曾用一种貌似隐晦而又确凿无疑的方式向她表功：为她挨了骂、落了埋怨云云。

然而，今晚的打击注定接踵而至，它们早已潜藏在意想不到的地方，等着完成最后一击。

咖啡厅细长的水晶花瓶里插着几株洁白的姜花，当张倩女从姜花旁走过时，正好有几片花瓣簌簌落下。她一愣，魂飞魄散，急忙快步离开。

她想，肯定是胖子身上的人气特别浓浊，熏坏了柔弱的姜花。

她回到家里，恹恹地给母亲打个招呼，就蹩到卧室里掩上了门。她胖大的虎躯里是无所凭依的委顿，将近一米七的个子，像被什么东西坠着，顿时就矮了下来。结果无需多问，劳玉在女儿卧室前站了良久，心想："可惜我陪不了你一辈子，不然，真不愿意让你去受委屈，反反复复地受委屈。"她发一会儿狠，又劝着自己，不得不顺下这口气。

夜里，劳玉睡得很不踏实，模模糊糊地听到开灯和开门的声音。不知过了多久，一种极力压低又凌乱不堪的声音，长驱直入她的耳朵，她猛然坐起来。

是吞咽的声音。

厨房的灯，白晃晃地亮着。张倩女像个慌乱的小动物，瑟缩着身体大口吞咽。劳玉哎呀一声，说："闺女，这速冻水饺都过期了！"

倩女说："没事，冻得好好的。"说完，她像猛然意识到什么可怕的事情，木木地说："妈，减肥又失败了。"

她失神地说："流食吃够了，我想要咀嚼的感觉，中午在公司里，人家吃包子吃油饼，我喝稀粥，看着，只能干看着。我想吃点儿实际的东西，给个馒头夹两片咸菜，我也知足。全身没劲儿，饿极了，饺子一下从喉咙滑下去，半盘子没了我还不知道是什么馅儿的。”

女儿不求甚解地吞下半盘饺子，这让人心酸的事实劈头砸过来。作为历次减肥行动中严厉的监督者，张嘴就是名言警句的智慧母亲，劳玉再拿不出什么高明的手段，她本能地说：“吃吧，吃吧，难为你了。”

张倩女猛烈地摇摇头，霍地放下筷子，跑进卫生间。劳玉紧跟过去，接下来看到的一幕，令她有一种身体被拎起来倒控的感觉，血液全部冲向头部。她看到女儿把食指和中指伸向喉咙，又是抠，又是捣，从嗓子眼里发出一声声干呕，嘴角撑到耳朵根，脸都变了形，跟怪物一样。

劳玉冲过去抓住她的手，说：“不减了，不减了。”

张倩女挡开母亲，咕嘟咕嘟吐出来一堆糜状物，狭小的空间里弥漫起酸腐的热臭。她嘴角流出带血丝的涎沫，佝偻着腰，呼哧呼哧大口喘气。劳玉拍打她的后背，眼圈不觉间已红了。

张倩女用水漱漱口，说：“妈，不能就这么败了，我下去跑步，把没吐出来的热量消耗掉，你接着睡吧。”

她沿着小区的绿道奔跑起来，她觉得自己出的不是汗，是一层油，每个毛孔都在往外分泌着油脂。她真想把自己点着了，让赘余的脂肪尽情燃烧。突地脚一软，她跌坐在地上。身处密匝匝的居民区，她却感觉到可怖的空旷，她被这浩瀚而精彩的世界孤立了。

她伸出双臂环抱住自己。

她不想成为母亲的拖累，更不想让父亲知道自己如此狼狈。眼下，她需要另一种意义上的亲人。她和那个人在气氛微妙的社交场合上，曾建立起某种秘密的亲缘联系。

她冲动地拨通潘舒墨的电话，不铺垫也不客套，她问："你住哪儿？"

潘舒墨住在下沙村的农民房里，高贵富丽的深圳在这里急刹而止。潘舒墨打开门时，一脸窘迫，像被人撞破了什么见不得光的丑事。单房里的家具粗陋不堪，贴木纹纸的两门衣柜，浸透了历任房客汗液、看不出原色的床垫，床头挂着几个铁丝衣架。然而，张倩女注意到，饭桌的矿泉水瓶里塞着一蓬血红色的火焰般的野花，窗下又挂着一串手工编织的风铃。显然，小屋的租客在困顿之余，依然对生活有所期盼，有一颗热爱和讲究的心。

张倩女回想起那个如坐针毡的聚会之夜，两人谨小慎微，连呼吸都不敢尽兴，两人都是某种意义上的loser（失败者），眼巴巴地看着别人比赛幸福。

几只小飞虫在撞击着吸顶灯，为玻璃罩子里暖热的光亮，一下一下地撞去。他们默然而坐，莫逆于心。他们已准备好诉说，告诉对方，自己到底为生活付出了什么，那是孤身一人时不愿爬梳的记忆和不敢直视的现实。

潘舒墨用赞美打破了沉默："你学历高，发展得好，不像我，刚够吃饭。"

张倩女摇摇头，说："代价太大了。我这辈子都忘不掉做的第一个项目。一毕业就签了华跃，先分到机顶盒的项目组，负责开发硬盘接口，设计完做测试，才发现对硬盘进行读写操作时有数据错误，不同厂家的硬盘出的问题还不一样，也就是，我要Debug了。没日没夜地攻关，夜里加班时吃消夜，越吃饭量越大，不到半年就明显看出来胖了，跟蒸馒头一样，忽地就发起来。回头一看，我的身心里，也有一个无法解决的bug。”

怪不得她胖成这副模样，潘舒墨唏嘘道：“深圳人都羡慕华跃待遇优厚，我也曾痴心妄想，想成为华跃的一员，其实，钱哪是容易赚的。”

张倩女说：“催命一般，实在扛不住时就想吃东西，吃大鱼大肉，每顿都吃撑，有东西在嗓子眼堵着才舒服。”

“倩女，你这是病，是情绪性的暴食症。”

“是，管不住自己，吃再饱也没用，还是想吃。”

张倩女无奈地苦笑，潘舒墨投桃报李了：“我更惨，在一家小私企上班，什么杂活都干却攒不下钱，像机器在空转，根本买不起房子。你知道吗？今天，没房子和没朋友之间发生了必然的联系。因为自己没有家，我就不愿去朋友家做客，他们熟练地领着我参观房间，介绍采光多好，储物空间多巧妙。他们温婉贤惠的老婆势必露两手，忙活一桌子丰盛的酒菜，有老火汤，有海鲜，鲜得发甜的蛤蜊，肉都是充满弹性的。我心情低落，还得赔着笑脸，赞美他们有品位，艳羡他们有福气，享受人生神仙日子云云。聚会那天，我是最后一个到的，不敢进去，比进沙场还怵头。”

张倩女想起聚会上他张皇而游离的模样，当听同学报出自己住在某花园几栋时，他如遭电击，面如死灰，旋即出去躲了半天。

她安慰道：“房子不都贷着款吗？那幸福也不是实心的。再说，朋友间的家庭聚会很正常，没恶意。”

“不是稳定频率的家庭聚会，一般只有一次，再没有第二回了。当然不是恶意，我也不怪他们。人熬到一定阶段就要集中释放一次、展示一次，然后，各奔各的前程。也许他们下次展示是十年后了，不知我还有没有去当道具的资格。”

两人的神色都变得黯然起来。生活的本质是庸常、脆弱而不容异端的，一条衣食住行、生老病死的既定轨道，稍有偏差，你跟人群的交集就会越来越少，很快就被隔绝在外了。

他偷偷地看她一眼。年轻的她竟有一副慈祥之态，令他想起姑姑婶子等长辈女性，令他想起孕妇、奶娘之类的女人。她身上的温馨和蔼，仿佛轻轻一动就会洒出来。他忍不住向她靠了靠。在深圳这几年，他经历了诸多无法宣之于口的伤害，格外仇恨那些嗅觉灵敏、嗲声嗲气的女孩儿。她们对用不上的男人，比有威胁的同性还要厌弃，连面子上的敷衍都省却了。

张倩女察觉到，他的身体靠了过来，越挨越近，她感觉到他的鼻息和体温。

雨季明明走了，外面却好像在下雨。在这间狭窄到让人无端亲密的小屋里，他们若有所待。

张倩女的身体暖烘烘的，像一点点鼓胀起来的面包内瓤，越来越松软，像藕粉冲过水，渐渐苏醒了鲜藕的颜色和芳香，仿若一块通体晶莹的流动的琥珀。潘舒墨的口气很清新，令她联想起甘笋青柠檬汁的气味。他的手拂过她的后背，像用柔滑的奶油裱花，像溶化的乳酪四下流淌。他身上男性的体味，令她想起肉类碳烤烟熏过的特殊香气。他凑在她耳边低声曼语，是经秋霜打过的小白菜，甜甜的，糯糯的……

水乳相融，骨酥肉烂。她的干枯和饥饿，以奇异的方式得到纾解。她终于不再是一坨死肉了。

小屋里的黑暗，光滑得像一匹丝绢。她深深渴望，天空落下来一滴灼热的松脂，紧紧包裹住两人，她和他，扭绞、缠绕、交错，从此天长地久，直至化为尘埃。

不知过了多久，当她起身离开小屋时，为墙角纸箱子里堆放的杂物感到惊愕不已。对二十世纪八十年代中期出生的男性来说，它们的存在着实突兀。几十个二锅头的空瓶，红标签绿瓶身，还有哈德门瘪瘪的烟盒。这分明是属于劳工阶层的，粗糙浓烈、直击感官的口味，这廉价的口味里，有人生难以言传的快乐。酒精，尼古丁，仿佛都是好东西，足以抵偿白日里遭受的痛苦，是苦干一天的至高奖赏。

潘舒墨一脸沉醉："我喜欢喝醉的感觉，酒劲儿总在一瞬间发作，千军万马地来了，接着天昏地暗，能好好睡一觉了。小时候，我讨厌我爸喝大酒，我爸那种男人在北方一抓一大把，就着一瓶桃罐头能喝一斤白酒，喝得吐绿胆汁，喝得快死了挺尸般躺着，下次还是喝。现在，我特别能理解他。我爸喝酒时，又哭又笑，说他活腻了。"

他停顿一下，重复道："又哭又笑，说他活腻了。没人信他，也没人理他。"他的话音忽然变了，他发出了变声期男孩儿才有的凄厉声音，声音破碎成几股，每一股都像带着锯齿的箭镞，在空气里到处乱窜。

张倩女回到家就瘫倒在床上，耳边始终回响着他碎玻璃般的哭腔。他多像雨季里阴干的衣裳，没有一丝阳光的味道。他怨气太重，经济能力有限，目前已可预见到中年的一事无成和脾气暴躁。作为婚姻亲情和妇女美德的一部分，她势必要承担丈夫的不得志。可这又有什么好怕的？她心底深藏着一个秘密，连母亲都没告诉。两个月来减掉了十斤肉，同时，她的月经也停了。

她的气味盘旋在小屋，潘舒墨依然沉浸其间。是的，她从视觉上摧残了他，她五花三层的身体让他恶心欲呕。她的后半生将在徒劳的减肥中度过，永无成功之日。然而，他试探着拥抱她时，蓦地起了个念头，也许，他抱住的，是人生的另外一种可能，这感觉让他怦然心动。她温厚善良，透着工科背景的沉稳朴实，她在全球著名的通信公司担任项目负责人，她将带给他梦寐以求的真正意义上的城市生活。想到这里，他立刻变得很软弱，在审美上毫不犹豫地变了节。

他们翻来覆去地想，到最后，几乎是怀着必然牺牲的悲壮感，毅然决然地、热烈地接纳了对方。

这晚，劳玉站在窗前，直到看见女儿开车进了小区才躺下。对减肥这场旷日持久的战事，她感到疲倦了。跟最基本的生存需求开战，取胜何其艰难。接下来，是僵持，胶着，甚至还要反复。她的神经绷得紧紧的，早暗自渴望着一个痛快的崩断。每次女儿宣布减肥失败，她的沮丧都是假装出来的，实际上，如释重负，云淡风轻。

3

华跃技术有限公司位于深圳的西北角，它是个生殖力惊人的母体，具有扩散膨胀的特性，在周边衍生出环状排布的居民区和购物中心。华跃的总裁很少出现在公共场合，作为庞大的高科技商业帝国的执掌者，他太过神秘低调了。几年来，只有公司开大会时，他才惊鸿一现。他是活着的传奇、商业时代的偶像，这几年，他在全国及海外布局，摊子铺得很开，在各大名牌院校招聘毕业生，欲把计算机、电信精英一网打尽。他身上向外辐射出一种强烈的危机感，也许，都快变成强迫症了。

华跃批量制造出城市中产乃至于富裕阶层，这家公司对员工的勤奋程度有极高要求，同时在金钱回报上也绝对慷慨，很少有公司会大方地把股份（利润）与员工共享。对华跃人来说，工作区和生活空间并无明显界限，搅和在一起了。张倩女居住的社区离公司只有几站路，楼盘定位准确，两年前刚一开盘就被华跃员工抢光。每天，她行驶在“居里夫人大道”上，过两个红绿灯，一拐弯便是公司。偶尔，被汹涌翻腾的厌倦情绪驱使着，她会刻意绕远路，拉开一段距离遥望华跃圈。

它像一只巨大的灰白色的茧，风雨不透，固若金汤。

周一晚上，照例还要加班。张倩女和她的团队，秉持着华跃人特有的习性：熬夜，不运动，亚健康，性格偏内向，信仰埋头苦干和不请假，习得的麻木忍耐，适应高强度工作，以加班为核心价值观。

研发部里多是小伙子，阴气却一直很重，无论春夏秋冬总让人感到一丝凉意。生铁般的冷光灯下，这群脑力劳动者脸色青白，似一群忙忙碌碌的鬼。对这代人来说，拿知识和健康换钱很正常，在其他公司，牺牲了健康也换不到钱，而在华跃，遭受多少痛苦，相应就收获多少甜头，让人食髓知味，欲罢不能。这份工作糟践了你也愉悦了你，它包含着某种魔鬼般的魅惑成分，令你的人生有所附丽。它像一袭穿厌的华服，毕竟镶金错玉，不能说扔就扔。

夜里九点半，大家从座位上起身，幽灵般晃荡到休息间，准备补充能量。公司厨房供给各类美食，烤串、乳鸽、炒花蛤，只要加班的员工想吃，鲍鱼海参也照样提供。

一个个加班的深夜里，张倩女吃掉了难以计数的曲奇饼、蜜三刀、烤鸡腿、卤汁牛肉等各种高热量零食，疲惫和焦虑激发起强大而原始的肉食欲望，祖先的基因程序重新启动，只有甜品和肉食才能给予她力量，让她浑身有力气，让她实现从菜鸟到高手的地狱式成长。自那个雨夜决定减肥，她就清空了零食抽屉。别人加餐时，她躲得远远地咽唾沫。现在，减肥已来到瓶颈期，肉都带着吸盘，嘬在骨头上，再往下，是以克为单位计数的。

今晚，消夜的香味格外热情，飘散得到处都是。她烦躁地踱来踱去，有好几次都蹭到休息室门口了，又咬住嘴唇转身离去。她提醒自己，没志气，没毅力，还说什么瘦身？你不想再穿魔术收腹裤，不想再穿黑衣服，你想穿酒红、雪青、柠黄、芥末绿，想穿印花、棋格、镂空，穿月光一样的薄纱裙子。你要向地球上最伟大的减肥偶像妮可·里奇学习，从“土肥圆”羽化为时尚女王。

她走到窗边，推开窗户，把头伸出去。纤弱骨感的月亮，斜挂在研发大楼的一侧。大楼的玻璃外墙是绚烂的金属蓝色，月光下闪着粼光，像一片海兜底儿一掀，直立而起。

在这栋布满服务器的建筑物里，她身体内部的服务器正无声瘫痪。她强提一口真气，奋力支撑起一副空壳，试图用意志来对抗身体内部的紊乱。

饱嗝声从休息室传过来，悠长，畅快，似召唤，又似诱引。她觉得自己全身上下只剩一个胃，她在用胃感受和认知整个世界，一个干瘪和异常敏感的胃。不知哪根神经一松动，她忽然就泄了气。她绝望地跺跺脚，心想顾不上那么多了，带着放纵一回的快意与痛楚，她奔向休息室。

接下来发生的事情，完全偏离了她的设想。

她冲进休息室准备纵情狂欢，凶猛的油膻味冲着腰一头撞过来，毫无预兆地，一股酸水从抽搐的胃里泛上来，她失控地呕一声，液体涌上喉咙又被她强行咽下去，她捂住胸口，拼命往下压。

同事们目瞪口呆地看着她，她平复呼吸，背对着门，慢慢退出去。

经此哗变，她惶惑不已，不知该表扬坚贞不挠的身体，还是为它的自行其是而羞恼。她亲自败坏了自己的胃口，烤串之流，已非她的补给。最近一次，她体验到饱足感，是在潘舒墨的小屋里，某种甜蜜而异样的饱足感。那天之后，借着她难得的空余时间，他们又在茶社清吧等处约会过几次。

小屋和小屋里的男人，正隔着雾气迷蒙的深夜，脉脉地凝望着她。

她的身体又不听话了。

她撇下工作溜出研发大楼时，有着梦游般的不真实感。好孩子，好学生，好员工，一路走来，她身上有一种被驯化的优秀。在公司这些年，她从没翘过班呢。想到项目组的同事，她有些惭愧。他们实诚、一根筋、肯下力，这都是年轻人才会具有的美好品质。年轻的工程师们也面临着各自的困境：发量可疑、颈腰椎病、在重复劳动中深陷和坠落、既无时间也无热情葆有和发展一点儿自己的兴趣、被富足安稳的生活牢牢控制而一点儿都不敢动……

无论如何，她逃出来了。去下沙村的路上，父亲仿若与她同行，今夜的她，正向着流逝的时光，接续上父亲的骨血和根脉。

潘舒墨的住处，门虚掩着，里面传出音乐声，是许巍的《水妖》。

那段磅礴激越的吉他声响起了，瀑布一般凌空而下，轰然落地。她从背后抱住他，像对着一盅酥皮海鲜汤，把层层叠叠的起酥轻巧地卷起。他回过身来。她又把自己铺成一张金黄色的蛋皮，妥帖地包住肉泥。她预热、升温、焗烤，让青花鱼充足的油分从容地渗出，在皮肉之间鼓胀充盈。她是浓稠繁复的酱汁，耐心地完成一次入味的腌渍。

肥白的汤圆在热腾腾的滚水里浮浮沉沉，糖浆越熬越黏稠，火锅欢腾地冒出白汽，娇软的鹅肝化成玉液琼浆。终于，一口细细的白牙，温柔地咬开酒芯糖、灌汤小笼包、奶黄流沙点心。一把秀气的小刀子划过牛排，脂肪的芳香刹那四溢，被猛火锁住的肉汁缓缓流出，露出水红色的嫩肉。石榴开裂，宝石般的籽粒飞溅出新鲜清甜的汁液。

世界沉沉入眠，静谧而甜美。

潘舒墨突然从小床上弹起，踢踢踏踏地跑进卫生间。

这个时候，好比喝下一杯好茶，正回甘呢，他跑去做什么了？张倩女用床单裹住身躯，好奇地跟过去，她看到，他竟然在搓洗一件短袖衬衣，忧心忡忡，直到把衬衣抻平晾好，神情才放松下来。

他什么都不说，面有惭色。张倩女约莫猜到了，也不点破。

过了一会儿，他发觉如此卑微的自尊毫无认领的必要，解释起来："深圳这天气，一天下来衬衫全湿透了，一股酸臭味，而我只有两件衬衫，意味着每天都要洗一件。赶上阴天下雨，替换的那件干不了，就使劲儿拧，哪拧得干呀，最后还是湿答答地穿上，下摆紧贴着肚皮，用身体的热乎气一点点烘干。"

每年都有那么几个月，湿气成为南方的主宰，湿气蠕蠕地爬进人的四肢百骸，骨缝里似要渗出水来。青苔在背阴的地面绵延出厚而密的一片冷绿，又沿着树干向上生长。在阴湿深入骨髓的夜晚，张倩女做过一个梦，梦见全身垂下流苏般的长长的绿毛。

潘舒墨说："所以，五件短袖衫是在深圳生活的底线，这样就能拥有一个从容的工作周，不用上班时挂念家里的衣服能不能晾干。"

她明白了，难怪总觉得外面下着雨。此地居住的人，大都只有两件衬衫，一下班就洗好晾出去，水珠从一个个窗口滴下，砰然落地，恍如雨季。

他问她："你有没有想过，我们为何要这样活着？为谁活着？急于被什么承认？你，我，李凌飞，杨菁，王磊。"

她一脸倦怠，说："没细想，顾不上细想，就一步步被逼到了这里。"

他失神地说："乖，不捣乱，擅长和解，默默挣钱，训练有素的隐忍，我本来不是这样的人，太压抑了。"他盯住她，说："你也不是。”

她能听懂他的话，心像被蜇了一下，疼得她捂住胸口。她想起父母来，想起他们眼睛里偶尔闪过的、水银珠子般的晶亮晶亮的光芒。

她皱着眉头：“我讨厌自己，讨厌那份工作，我训练自己热爱它，把它当成人生的寄托，可你不知道它有多无趣！”说完很解气的样子，她接着问：“真的没有选择吗？”

他说：“少数人的选择不叫选择，是败退。我想过回留州，父母能照应我，小地方日子也舒服，我喜欢怎样就怎样。可到底差了点儿什么，白天还好，夜深人静时难免后悔不甘，也许这辈子都过不好了。依循本心地生活，就真能幸福吗？真会满足吗？说放下就能放下？我没把握。”他向外看去，说：“深圳就在我对面。”沿着他的视线，她看到远处是剧院，充满未来感的造型和色彩，宛若银河系里的天体。

他一脸迷醉地说：“我经常查看剧院的演出信息，上周是林怀民的《九歌》，这周是瓦格纳的《指环王》，太丰盛了。”

他摇摇头：“可惜，我被焊在了下沙村。这是消磨志气的地方，让人意兴阑珊。最消沉的那段日子，我特别希望，希望天降横祸，一辆玛莎拉蒂冲过来撞上我，如果幸运的话，不死，只是半残，我不告富豪，肯定选择和解，这本来就是钱能解决的事。我一有钱就置业，就在深圳定居！”

他猛然抓住她的胳膊，摇晃着，说：“倩女，你不知道我心里有多急！我多想混出点儿名堂！”

张倩女想起自己的羞耻。相亲的男孩儿用指控的眼神看着她，好像她是不洁的、有罪的，他们的神气里，透着唯恐被她黏上、被她缠上的机警，以及冷淡与小心翼翼。有个男孩儿怕她不自觉，还敲打她说：“在动物的世界里，雌性过于肥胖，是对所属物种的犯罪。”

足够了，羞耻就是她和潘舒墨的信物，他俩的山盟海誓，远比众多城市男女精算得来的婚姻更经得住推敲。

想到这里，她说：“你不会焊在这里的，下周见见我父母，咱俩定下来。”

潘舒墨表现出一种恰到好处的惊诧，随即握紧她的手，用力点点头。

本来，张倩女想扎扎实实、慢词长调地谈一场恋爱，听了潘舒墨的话，她感觉事情突地紧迫起来。这个坎一下子就迈了过去，倒也凝练。

周末，张倩女去机场接到父亲张亭轩，这是他第二次来深圳。前年他初到深圳，发现女儿变得如此肥胖，震惊而痛心，问了一通，骂了几遭，终也无能为力，他住了一星期就闹着回去。

父亲迫不及待地逃回留州的小院，也遁入到旧日的生活中去。小院里，时光逆流而上，停驻在可堪温习的某一段日子。那时，他每天坐在庭院里，气定神闲，虚位以待。宾客结伴而来，或擎着两包桃酥，或拎着一网兜橘子。寒暄过后，宾客环绕着石桌坐定，父亲开始高谈阔论。他是杂家，是通才，是天赋异禀的民间奇人，会聊天，会讲笑话，周身充满磁力。从历史到宗教，从诗词到音律，他博闻强记莫测高深，时有精辟之论。宾客们如沐春风，作倾听状，作顿悟状，作陶然欲醉状，频频颔首，间或插话。

渐渐地，这批宾客是空手而来了，表情里多了几分亲昵的轻佻。父亲的兴致也不那么高了，演讲时观点和金句经常重复，终于，这茬宾客竟渐至零落消失。父亲的叹气声，在大片的寂静里缓缓流动，又被风传得很远很远。好在，很快又有另一拨人找上门来，父亲坐而论道，重展风采。

二楼窗下的张倩女震惊地发现，父亲居然是背出来的，他太熟练了。

已然烂熟。这使得他的演说流畅生动，从不磕磕绊绊，洋溢着充沛的自信，上天入地，光彩四射。他的听众是小城的各色闲人，无业、自由职业或病休在家，共通之处在于爱好文艺。母亲出于医生的洁癖，曾厌恶地指出："那梳大背头的似乎不是什么雅人，是个名声不佳的神棍。"父亲摇头说："哪是神棍？是本城堪舆界的名人。"他又提议："客人在时，你也一起坐坐，你就凑个趣嘛！"她蹙紧眉头，说："去倒一圈茶吧，我可没工夫闲聊，还得做饭呢。"

固定而频繁地与父亲来往的闲人，只有戚叔叔一个。张倩女从窗口望下去，发现他俩像古画上的两个人。两人一坐就是半天，静物般沉默。偶尔，戚叔叔的话音儿随着穿堂过屋的微风，飘进张倩女的耳朵，她听见戚叔叔说："风雅委地，时运不济啊。"

有段时期，两人找到一个可持续讨论的话题，那就是《红楼梦》。他们谈论无才补天的贾宝玉，互相恭维对方是"留州甄士隐"。戚叔叔特别喜欢谈秦钟的遗言，说一个正值韶华的妙人儿临终那么挫败，为什么？因为没实力，没有立足于世的实力。父亲点点头道，秦钟遗言，说不定正是宝玉一生悔恨之处。他若功成名就，家族兴旺，也就保住了众姐妹的大观园。戚叔叔说，大观园永不凋敝，这是他的理想啊。殊不知，功名利禄那条路，才是滋补理想的唯一的正途。父亲说，那么美好的生命在末世挣扎，要救她们，只能自己跳进泥淖，他不愿跳，就眼睁睁看着，再一个个地哭着纪念。

二楼窗户里，张倩女从书架上取出《红楼梦》，按回目翻查到秦钟去世的段落，她反复将遗言读了几遍，只觉平淡无奇。

这时，她听戚叔叔说："年轻时读红楼，秦钟去世的一段没引起注意，年纪大了，才咂摸出味道来。"父亲附和道："浪荡子秦钟临死时大彻大悟，说错的是自己，格外让人觉得沉重。"

戚叔叔走后，父亲独自坐在阴凉的丝瓜架下，鉴赏着庭院里的日影、花木和鸟声。他像一件古老的旧物，蒙着厚厚的灰尘，轻轻一碰就嘎吱嘎吱地响，一阵风吹来就七零八落。他的眼睛，像两孔黑魆魆的山洞。张倩女知道，只有把各色闲人拢到家里来，才能为他带来一丝光亮。那段日子，她时常替父亲担忧，前方那些庸常的日日夜夜，他该怎么度过呢？

很快她读寄宿高中了，接着离开留州去上大学。她断断续续地听母亲说起，父亲学了太极拳、旧体诗、昆曲，而且，父亲是留州第一批学会喝功夫茶的人，学会后鄙夷地把大茶缸子扔进垃圾堆。母亲的讲述拼接起父亲这些年的生活，看来父亲对自己陷入到那种机械而可鄙的圆熟中去也早有不满，于是勇于跨界不断研习新才艺，推陈出新以维持上座率。

此刻，阳光穿过机场透明的顶棚，照亮了来来往往的旅人。张亭轩说："倩女，还在减肥吧？瘦些了！瘦了好，我不怕别的，就怕糖尿病、三高什么的找上你。”他的头发像落了一层薄雪，灰白色的脏雪，比起同龄的男人他更显萧索衰老。

快到家时，张倩女朝父亲诡秘一笑。她推开门，身子立刻闪到一边，满怀期待地看着父亲。一套崭新的骨瓷餐具，亭亭玉立在餐桌上。白底釉下彩，明艳的黄绿色，那颜色仿若刚点上去，还水灵灵的呢。图案是蝴蝶忽闪着翅膀落在水仙花上，用手轻轻一弹，便发出清脆悠扬的响声，这是为迎合父亲的审美情趣，特意添置的新餐具。

张倩女一直记得，某个夏日的黄昏，父亲赋闲在家一年有余时，他忽然毫无征兆地发难，伸长食指，指着石桌上的几个搪瓷盘、不锈钢盆，说：“无论多好的菜，用这些家什一盛放，就叫人毫无食欲了，真是破败潦草！不能用好看点儿的盘子吗？”母亲说：“一样吃，还能变了味？”父亲摇摇头，拖着长音道：“夏虫不可语冰，朽木不可雕也！”

这话似乎蕴藏着可怕的杀伤力，张倩女看到，母亲的脸霎时紫红肿胀，她的嘴唇不受控制地哆嗦，想辩解什么，又说不出来，母亲拼命眨眼睛，把眼泪生生憋了回去。第二天，她从百货商场买回整套56头的骨瓷碗碟，她把晶莹剔透的瓷器在餐桌上铺陈开来，一件件细细玩赏了半天，看起来，她比父亲还要喜欢这些美丽又脆弱的小玩意儿。

父亲的言行举动，为日常生活增添了幻境般的戏剧效果。他或午后高卧或焚香静坐，每逢彼时彼刻，母女俩就不再高声说话，走路也蹑手蹑脚，如履薄冰地供奉着他的优美和诗意。有时，闲人们翩然造访，母亲袖筒卷得高高的，正在院子里晾晒衣服，一条褴褛的红内裤还往下淌着水呢。蓦地，她从粗鄙的生活场景中抽离而出，她像登上炫彩的戏台，生疏而做作地说，“不巧啊，他踏青去了”“不巧啊，他赏雪去了”“不巧啊，他钓鱼，不是，他垂钓去了”。母亲拙劣地拿捏着声腔，张倩女很替她难为情，但父亲每次出门的时候，的确是这样跟家人告别的，“我踏青去了”“我垂钓去了”……

作为高雅新餐具试图取悦的对象，张亭轩神情复杂，显然他不知该如何反应。他视而不见地靠坐在沙发上，从茶几下面拿出塑料纸杯，给自己倒了一杯凉白开。

4

这是南方盛夏季节特有的暴雨天气，黑夜瞬间驱散白昼。雨下得如此酣畅，整个城市恍若在大雨里漂浮起来，积木般晃晃荡荡。几道银亮的闪电不时划过，像天空疼痛地裂开几道口子。

早晨一起来，张倩女就给父母叨叨，说潘舒墨在公司上班，坐办公室的，家庭也是留州的小康人家。她反复强调，你们放心，他不图我什么。我俩很早就认识，又交往了一段时间，是有感情基础的。想到两人共有的羞耻感，她又加上一句，是牢固的感情基础。张亭轩欣慰地表示，先同学再恋爱，挺有缘分。劳玉的狐疑并未消散，只是不便露骨地质疑女儿的女性魅力。劳玉满腹心事的样子让张倩女有些不安，母亲年事已高，减肥又跟着受罪，精神高度紧张，有好几次，她感到母亲濒临爆发了，谁知母亲毕竟内功深湛，自个儿又消化了。

潘舒墨赶到张倩女家中时，衬衣粘在身上，新做的发型岌岌可危，手里的烟酒糖茶却没被淋湿。张倩女接过礼品，拨拨他的头发，说：“真想不开，东西是小事。”

张亭轩站起身来，冲潘舒墨满意地一笑，小伙子斯文白净的相貌深得其心。劳玉的脸上却露出医生惯看悲欢离合的淡漠表情，转身去了厨房。张倩女跟过去，大声说：“妈，我给你打下手。”旋即凑到母亲耳边说：“和气点儿，他又不是你的病人。”劳玉点点头，嗔怪道：“瞒得真紧，我都没有心理准备，你急火火地就把你爸叫过来了。”张倩女说：“也没想到这么快，不过话说回来，年纪到了，人又可心，还拖着干吗？”

这顿饭启用了雅致的新餐具，以示隆重。潘舒墨极力赞叹餐具的精美，张亭轩没接话，岔开话题，说：“吃菜吃菜，凉了就没法吃了。”

张倩女自律地夹起几根青菜，潘舒墨体贴地说：“倩女，你胖瘦都好看，中午这顿也没关系，来点儿清蒸鱼吧。”张倩女架开他的筷子，笑着说：“自己受用就好，别来招我。你别不信，我是一定能减下去的。”只有她自己明白，如今，减肥的坚决里揉进了几丝柔软，不光为重建自身的生活，更是因为心疼他。连着两次，她都看得很清楚，当激情退却他的视线落在她身体上时，如灼伤般迅速移开，并痛苦地闭上了眼睛。

席间，劳玉不冷不热的，张亭轩和准女婿倒甚是投契。趁两人在热聊围棋，张倩女说：“舒墨很有才情，全身都是文艺细胞。他连手指都那么漂亮，会吹笛子，会画山水，对了，还会变魔术。他聪明着呢，下棋一下就是一天，连饭都不吃。”

夸着夸着，张倩女看到，母亲的脸，母亲的笑，像突遭奇寒的瀑布，水流着流着凝成长长的冰凌，尖尖地向下戳着。父亲也像被人掐到痛处，热乎乎的气氛忽然就冷下来了。张倩女心一沉，本来，她以为父母会世故而心照不宣地接受这个男孩儿，并演技精湛地表现出对他的关爱。

劳玉蓄势待发，她讥诮地说："呵，这一身的本领，能出名吗？能变现吗？"她又板着脸问："除了会吹笛子，会变魔术，你会做家务吗？"

她的口气令人很不舒服，潘舒墨保持着风度，说："阿姨，你是指做饭洗衣服吧？会一点儿，会做。"

张倩女说："妈，哪有问这个的！"

劳玉一脸严肃地说："倩女，你不了解家庭生活，这很重要。"她接着问："舒墨，你会带小孩儿吧？我是说，你以后会学着带小孩儿吧？"

这不合常规、近乎刁难的提问令潘舒墨更加尴尬。劳玉像变了个人儿，老巫婆般逼视着他，发出阵阵冷笑。

张倩女扶住桌子，说："妈，太过分了。"张亭轩也责怪道："你，你这是什么意思？荒腔走板，太失礼了。"

潘舒墨站起来，用拇指钩住裤子口袋，他小声说："我还是先走吧。"张倩女瞪母亲一眼，说："我跟你一起走。"这时，张亭轩也跃跃欲试地站起来，似乎也想往外走。

"你们谁都别走。"

说着，劳玉疾步走到门边，顺手抓过皮包挎在肩上，她用身体挡住门，像在守护一个出口，一个可以逃出生天的出口，她说：

“我走。”

没人能预料到这个后果。在往昔岁月里，情绪变化无常的张亭轩曾多次摔门而去，闹脾气的张倩女也曾夺门而出，去街上游荡或去同学家倾诉。

劳玉幽幽地说：“这么些年了，我不止一次地幻想，想你和你爸消失掉，哪怕消失一两天也好。”

剩下的人都愣住了，仔细一回味，这话里有一种平静包裹下的惊天动地，一种不断滋长、无从化解而日趋深沉浓重的痛苦，让人悚然心惊。这话也挺伤感情的，但张倩女无比清晰地感觉到，这不是一个伤不伤感情的问题。

劳玉接着说：“每天最高兴的事，似乎就是忙活完了，把自己扔进沙发里。”她的话不见刀锋，却分明已划破了什么。

张倩女对母亲的习性印象深刻，母亲确实有一个投掷的动作，把自己痛快淋漓地投掷进沙发里，然后蜷起身体，半张着嘴巴看电视。本来，张倩女以为母亲完成这个动作时身心舒畅，现在她才领悟到，这个动作里隐含着的放弃与屈从，本来，她以为沙发里的女人快活圆满，现在她才体会到，这幅家常画面里暗藏着的惨烈、销蚀和幻灭，这里头，有一种绵密、隐蔽而阴险的力量，有一种无底深洞般的腐蚀性的快乐。

她又想起自己透过小窗看到的一幕，下了班的母亲久久站立在家门口，她抬起脚来，又后退几步，迟疑地逡巡着，当她终于迈进自己家时，即使相隔一段距离，张倩女还是看到了，她的肩膀在战栗。接着，她走进厨房，再出来时，蓬松如雾的发卷已塌陷。最早，她进厨房前会戴上白帽子，后来不知为何也不戴了。

积蓄已久的雨水，宣泄般扑向大地。

劳玉守住门口，披坚执锐，这不是她的风格，此刻与过往缺少过渡。她终生都在自我控制，合乎规范与道德，她以通情达理、宽厚和顺而著称，从不由着自己性子胡来。她擅长把喜怒哀乐搅拌均匀，得体地应对她的丈夫、女儿和病号。还没等众人回过神来，她敏捷地拉开门，像一条鱼一样轻快地滑出去。

劳玉就这样滑了出去。剩下的三个人张口结舌地站着，房间里满满的，全是难堪。张亭轩手里的健身核桃球都忘了放下，他像拿了一块热地瓜，不停地从左手倒到右手，右手换到左手，他的眼睛不敢看潘舒墨——这个代他受过的年轻人。

不知何时，潘舒墨也悄悄离开了，张倩女完全没注意到。她仍在回味刚才的一幕：母亲滑了出去，宛若一条鱼滑进海水。她懂事以来，一直无法将目之所及的头皮屑般琐细零碎的母亲，跟当年那个充满艺术气质、遭遇街头爱情的女孩儿联系起来。但母亲滑出去的一刻，两个形象终于令人信服地重叠在了一起，美丽，疯狂，不计后果，单细胞动物般透明，一通电就亮了，太阳一晒就热起来……此后的日子里，张倩女始终记得这个如梦似幻的场景，母亲是娴熟地，行云流水地滑出去，好像在意念里演练过多次。

晚上，劳玉发回一条短信：“别找我，我很好。”

两天后，张亭轩返回留州，回到独门独院的两层小楼里。到家后他给女儿报平安，说：“深圳是个好地方。你看小区里的荔枝、芒果、菠萝蜜，不用专人照料，自个儿就能长好，一嘟噜一嘟噜地结果子。只是我住不惯，你要想爸爸了，就回来看看。”

张倩女说：“爸，有时候上来一阵劲儿，真想任性一回，不干了，天涯海角地想去哪儿去哪儿。”

张亭轩思忖良久，说：“不要冲在最前面，也别落在后头，你现在就挺好，多少同学羡慕呢，可别瞎折腾，叫人笑话。你们这拨孩子，聪明，遵守秩序，适应力强，大有可为。”

他的话虚弱无趣。张倩女心里很难过，嘴上却说：“爸，别担心，想想罢了，还能去哪里？我以成为华跃人为荣，我会坚持住的。”

放下电话，她不得不承认，父亲在精神上早就是个老人了，那层炫目的光圈也早已消散。

经历了多年的过度解读和透支提取，那个熠熠生辉的晚上终于油尽灯枯。那晚，音乐教师张亭轩把妻女召集起来，他说：“音乐课是高中的附庸，校长不懂音乐，学生们也毫无音乐才华。对我来说，上课就是浪费生命，把自己一点点废掉。我辞职了。”他宣布时语调平静，像轻松地完成一个高飘的空翻，飞升而去。父亲的平静是一种绝对的震慑，传达出勇敢、坚定、深思熟虑等丰富的讯息，母亲没有哭闹，也没有昏厥，相反，她的眼睛忽地亮了一下。那会儿，时代还未突然加速，人们还不上蹿下跳，房子是祖业，钱值钱，母亲作为知名的内科医师，受人尊敬且收入不菲。上小学的张倩女正是表面乖巧、内心激荡并极度渴望偶像的年纪，她觉得，就该有父亲这般潇洒独特的人物，不上班，无所事事，日子拿来虚度。父亲是自知的，他英明地踏进遴选过的生活，不含杂质地成为自己，替胆怯的人们做梦，宛若灰暗人世的一星微光。多年来，张倩女自卫般地拒斥着真相——显然，父亲享受不了没有界限的自由，内心也从未宁定，他把那晚的抉择，拉低到魔怔、犯傻、失误的层次，降格为一时糊涂的愚蠢决定，甚至，像懦弱无能的逃逸。

他先莽撞地拒绝了世界，过后才发现，自己根本没有拒绝这个世界的能力。为兜住这个错误，他潜心学习书法和国画，攻柳体，习花鸟，欲以润格致富，结果只能过年时为亲友免费写春联。他专门钻研过演说技巧，期盼跃升到有识之士听他白话还给他钱的完美境界，结果只吸引了小城的一批“珍禽异兽”。

张倩女记得，父亲为邻居女人写春联时，女人拉着劳玉，夸赞道：“你男人真巧。”劳玉摆摆手：“巧什么巧，万金油，玩家子，一会儿风一会儿雨，神经兮兮。”邻居女人亲热地用胳膊肘扛她一下，脸上露出意味深长的笑容，说：“好好哄着吧，让他自在！”

现在的父亲，是神色惊恐而脚步虚飘的男人。他花费大半生的时间，亲手推翻了自己。

过了几日，劳玉又发来一条短信：“别找我，我在净尘山，想一个人待几天。”

张倩女想起母亲的描述，山上的房子是乳白色的，窗前垂下镂空的米色纱幔，推开窗子，迎着人的是一大片碧绿的湖水，窗边爬满茑萝、丹桂、凌霄、木香、扶芳藤，花枝垂入湖水，湖面上落满花瓣，风从远处吹过来。她依稀看到，母亲就站在窗前，全身散发着花香，芬芳迷人。她回了一条短信：“亲爱的妈妈，照顾好自己。”

此时，她才想明白母亲话里的深意。原来，母亲说的“我们”，不是指她和丈夫。“我们”，是母亲跟另外一个自己。

母亲的手机始终打不通。晚上，张亭轩向女儿打探消息，张倩女说：“我妈应该也在留州，西郊的净尘山，她想一个人待着，你不用去找她。”

张亭轩说：“西郊哪有什么净尘山，是连成片的荒山，没名字也没开发呀。”

张倩女心里一动，说：“她成心不让我们找她。”她伤感地想到，实际上，她和母亲从未亲密无间，她想当然地认为，母亲这般的普通妇人，早已不需要某种层面上的高贵而多余的生活。

张亭轩说：“咱俩没事就打打她的电话，说不准什么时候开机。”

张倩女答应着。电话那头，父亲接着说：“你妈最懂我了，我们是一类人，只不过……”他终究没再说下去。

张倩女感到脸颊上热热的，是眼泪在流。她羡慕这个失意的男人，他精彩过。她也佩服老妈，五十几岁的人了居然还有力气挣扎！

她站起身来想透一口气，想仔细看看，自己的眼睛里到底有没有水银滚珠的亮光，她刚站起来，就察觉到一股压迫的力量形成合围之势，渐渐逼近她。十面埋伏。她瑟缩着重新坐下去。毫无疑问，她的敌人更加阴沉强大，那是一个裹挟着整整一代人的庞大而严密的系统，像一个深深的坑洞，让她怎么爬都爬不出来。

她找了个借口挂掉电话。

眼泪慢慢干了。

又坐了一会儿，她打开电脑搜索，不断输入关键词，净尘山、湖水、白房子，然而，她在浩浩汤汤的信息世界里找不到一个匹配的结果。

她枯坐在黑暗里，潮汐般的饥饿感准时涌上来，她拨通潘舒墨的电话："在哪儿呢？"

他报以沉默，半天才回答："还能在哪儿，问都不用问的。"

饥饿又来了，它躁狂地伸出尖尖的牙齿，乱扑着咬人。她的腿，拖着她下了楼，她的手，伸到货架上，拣了一堆臭名昭著的零食：薯片、鱼蛋、花生米、豆腐串、炸鸡翅。她渐渐适应了它们的气味，她拈起鸡翅根，油顺着手指头往下流，这是蛊惑人心的场景，饱含着尘世的乐趣，她死死咬住油透了的动物残肢，有一种沉沦的快感。

总算过瘾了。她彻底不要自己，自我惩罚般地大嚼，抻着脖子，昂起下巴，动作近于困兽的撕扯。她沿着一个光洁如镜的斜坡往下滚，舒服，滑畅，一切都那么顺利。

东西很快吃光，悔恨和自弃夹缠在一起，她无比嫌厌自己，亦心灰意冷，虽卸去减肥的重负却并未感到轻松。生活不知道出了什么问题，也许是致命的系统错误吧，总让她有欠缺感，总让她不停地想吃东西。从明天起，她要疯狂吃遍各种经典的下饭菜：地三鲜、卤猪耳、咸鱼茄子煲、尖椒鸡蛋末、油豆角焖排骨、红烧肉炖小土豆……她要把每片猪头肉在芝麻酱里滚一圈再送到嘴里，那得有多香啊！电流般的酥麻感在她全身传导。

此刻，潘舒墨在下沙村埋头洗衬衫，迷茫地搓洗着，水流卷着泡沫漫过他下棋的双手。父亲在小院子里，研究地上的月光一寸一寸地向西推移，母亲在那个据说叫净尘山的地方，享受孤独的日日夜夜。

她坐在窗下，想起二楼那扇神奇的窗子，那会儿她能看到，无数条小路通往云朵洁白的天空。

她从窗子望出去，外头是无边无际的华跃圈。她突然感到很厌倦，她就这样看着窗外，不知不觉地，天已经亮了。天地如此宽广阔大，可她不知道，还能去哪里。

福地

接连几天，傅源总被同一场梦惊醒。窄窄的竹床上摆放着冰凉干硬的身体，他的魂魄立在竹床旁，焦灼地望着肉身，往哪儿埋呢？

早饭时，妻子不住地觑看他。他目光涣散，暗紫色的斑块淤在眼下。她说："清明时你去了百龄园，别是撞邪了，买包朱砂装兜里吧。"

百龄园在城市的西北角，本来跟傅源毫无关系，直到老乡吕端在此下葬。清明的早晨，几人相约来到墓园，有人捧着鲜花，有人提着水果，傅源手里擎着一根长长的柳条。南方柳树少，这根水绿的柳条得之不易。昨天他跑了几十里路，在城郊湖边找到柳树，小心地折下一枝，又放在瓶中养了一夜。

走进园门，擎着柔软柳条的傅源，全身一僵。上千座坟茔压面而来，都是深色的花岗岩，庄重的魏碑体字。他睁大眼睛仔细辨认，无数面目相若的墓碑扑过来，他身体猛然一颤，整个人变成一颗风干的小橘子，缩缩着，紧巴着，往小里逃命，好像猛虎压顶而来，他只好往小里逃命。

这时，他听到吕端妻子慌乱的叫声："吕端在哪儿啊？他，他在哪儿呀！"他定住神，提醒道："别慌，证上有编号。"

一行人循着编号找到墓地，傅源发现，这里并没有一块湿润的土地，无从插柳。无土无草，也看不出是新坟。人们默然而坐，某些细微柔软的情感在空气里悄然滋长。朋友离世两个月后，傅源狠狠心，把他的手机号码改成了墓地编号。

临走时，吕端妻子环顾着偌大的公墓，说："我心里没底了，把他埋在这里，谁都不认识，哪能放心呢？"傅源想起吕端的遗愿，亲朋们曾用各种各样的理由，堂皇地、理智地否决了吕端的想法，最终把他送进此地。

梦里，傅源的身体找不到一抔黄土，魂魄游荡到百龄园，看到一根翠生生的柳条斜倚在坚硬的岩石上，风吹来时，柳叶顺着风的方向躺过去，风的尽头，浮现出吕端的笑容。吕端的脸总是刮得很干净，笑容和善温柔，像一朵花慢慢地开，像一波涟漪静静地漾开。这些年，有个性的人傅源见得太多了，反而对平和的人印象极深。梦里，吕端轻雾般在空中飘来荡去，罩着宽大的袍子，赤着脚，面容宛若生前，身上有雨后青草的香气。他追随着吕端，一路向北。

再醒来时，回乡的念头像一颗轻盈透明的水晶，从千头万绪的琐事中缓缓升起。他试着跟老婆提了提，老婆皱起眉头，问："不过年不过节，回去干吗？"

回去干吗？替老乡吕端回去看看。傅源迅速评估了答案，显然无法令她满意，便不再多说一句。争辩的结果只有一个，她永远正确，永远顾全大局，永远委曲求全。而且，自从发现了她的秘密，他的固执和暴躁就被那冰一样冷酷的事实封冻住了。

三个月后，在深圳湿热的夏天里，傅源等到了机会。

近两年间，他越来越喜欢拉家常，打给姐姐的电话很频密，诸如考大学、生孩子、生死离合的消息就这样从老家传至边城。这晚闲谈时，姐姐漫不经心地提起："大堂叔没了，小名叫锁头的那个叔。"电话这边，傅源紧张起来："啥时候？"姐姐答："报丧的说是昨晚。"她又加上一句，"没给你下通知就不用回来，几千公里呢，都理解。"

傅源坚定地说："我回去。"他故意大声说："老家的事总不往前凑，人家背地里不知怎么白话我呢。"

舷窗外，深圳渐渐退去，眼里只剩云天了。那种透明的蓝色，令傅源想起吕端火化时的天空，晴朗得让人看上一眼，半天回不过神来，晴朗得让人不自觉地，眼睛已微微湿润。那天，吕端被推进去后，他不停地抬头看烟囱，约摸等了十几分钟，第一缕烟逸出来了。烟在翠蓝的天空上扯开一条通道，不是大团大团地涌出，那烟是细瘦而轻盈的，青灰色，渐渐飘散，消逝。他突然有一种感觉，他感觉吕端飞上天空时，那么急切，又那么欢快，仿佛从未如此自由过。

对傅源的千里奔丧，姐姐错愕不已，说："没这个必要，大老远的谁会攀你？"傅源最不爱听这个"远"字，"远"是他的短处、缺陷、顽疾、永不愈合的伤口，令他自卑又敏感，他不领姐姐的情，羞恼地问："离得远，人也远了吗？"

这不用问，很多亲戚都已淡忘了他的存在。又有一种乡村闲妇，最爱挑理儿，早放出话来，说就当没他这个人了。留州有留州的世故，缺少人情往来，渐渐就远了。谁家的孙子摆满月酒，他没随份子，谁家死

了老人，他没去吊唁。红白事都需要人来撑场面，当他在老家的婚丧嫁娶中缺席时，不能奢望亲戚还拿他当一家人。每次往深处想，他就感到一种彻底的虚空，他从未属于深圳，并且，他也渐渐不属于傅屯了。

父亲却欣慰，说："回来好，回来好，你堂叔跟我是一个爷爷，近着呢，下午咱爷俩就回傅屯。"

下午父子俩来到傅屯，傅屯是傅家祖坟的所在地，地处留州西郊。路上，父亲絮叨着："你大堂叔在省城待了几十年，在傅屯没家没业的，幸亏还有个兄弟守住了根儿，不然怎么安置？"

傅源纠正道："二堂叔早没了，现在只剩下凤婶子。"父亲说："都一样，她替傅家顶着门户呢。"

对凤婶子的最后印象来自大前年，那年傅源提着花生油和白条鸡探望过她。凤婶子是他心目中最有亲切感的农村婶娘，通达世故又不失热诚朴实，脸颊上有两抹酽酽的枣红，那年见着却很显老。眼看一儿一女成了家，她也该享福了，谁料男人得了脑血栓，三户人家一起跌进无底洞，钱花净了，人也撒手了。就在那一年，傅源觉得凤婶子变了。她的怨恨和愤懑写在脸上，头发修得很短，越发显得怒发冲冠。还不到六十岁，肥厚的老年斑已爬满胳膊，肉皮松松地从两腮往下掉，牙齿过早脱落，下巴往前探，是个小老太太的样了。

人老了，最危险的心态就是回头一看，觉得自己这辈子亏了，命欠她的，身边每个人都欠她的，社会也欠她的。但劝慰的话傅源说不出口，换作他，也无法做到身心泰然。

小时候去凤婶子家玩，傅源喜欢她家的阔大院落。院墙下种着枣树、香椿树，影壁前搭着丝瓜架，菜畦里是小白菜、笨茄子、胖辣椒，后院篱笆里养了十几只鸡，是城里人开两个小时的车去郊外才能享受到的田园生活。

傅源再次来到了这座院落，正值盛夏却并无葳蕤之气，菜地无人操持地荒着。院子当中搭起灵棚，灵堂设在正房。

祭拜完了，傅源在里屋见到凤婶子，她的模样令傅源悚然一惊，凋残的花朵远不能比拟她的衰老，她曾经像一条清蒸鱼，雪白，水嫩，却被岁月狠命戳了几筷子，那破败和狼藉，叫人一看心就凉了，日子没混头了。

凤婶子先盯着他“认”了一下，接着不住地点头。她把孝帽给他戴上，用试探的口气说：“论理，堂侄要守灵——”傅源打断她，说：“都按规矩来。”

他在灵棚里找到逝者的儿子，堂弟傅安，挨着跪下了。两人已多年未见，但在这个场合下重逢，又都是从外地回来的，对视一眼分外亲切。傅源问：“回来是大堂叔的意思？”傅安说：“是老爷子的心病，让我一定把他送回来。赶上天热，先在省城办了遗体告别，火化了才送回来。”

青色的瓷罐摆放在遗像前。吊丧的宾客一到，傅源就和亲人一齐发出悠长的哭声。一同跪着的家族成员，多半已印象模糊，刚打照面时叫不出名字，有些不尴不尬，但在哭声中，他感到疏离渐渐消失了，裂开的缝隙弥合在一起，他们之间，有着久远而深刻的关联。

前来吊唁的都是乡里乡亲，有人哭得真切，也有人用手绢盖住口鼻努力地挤眼，无论如何，礼数都到了。黄昏时吊唁的人少了，傅安抽空对他说：“大老远赶回来太辛苦，回去休息吧。”

傅源走出院落，对父亲说：“想去祖坟看看。”父亲点点头，说：“祖坟规整过几次，你都没赶上。傅屯人有了钱，第一建房子，第二就是修坟地了。”

薄暮中，傅屯窄窄的土路上一前一后地走着两个人。父亲领着傅源，先穿过大片的麦地，又走过一处苹果园，他说：“孩子，不远了。”

这时，傅源听到一种奇怪而巨大的声响，咔啦，咔啦，咔啦咔啦。

他停下来，问：“什么动静？”父亲听了听，又望望前面的庄稼，压低声音说：“是高粱在长，在热天里拼命长。”

通往祖坟的土路上，几百株高粱发出咔啦咔啦的的巨响，那声响里有一种神秘而原始的魅力。他凝神倾听，忽地觉出声音有几分熟悉。就在这个瞬间，四十五岁的傅源被带回到十七岁时闷热的暑假。同样是难熬的热天，迷迷糊糊的睡梦中，他听到腿部骨节的响声，咔啦，咔啦，两个月间，他的身高蹿了十厘米，像一杆疯狂的高粱。

傅源变成一株行走的庄稼，全身散发着一股潮湿的陌生的生命气息。随即，他在祖坟的地面上看到一幅巨大的雁阵，空气中传来翅膀扇动扑棱扑棱的声音。

父亲指着最远处的坟头，说：“看，那是你祖爷爷。”傅源看到一只精神健旺的老雁。父亲接着介绍：“左右两边是老爷爷兄弟俩。”傅源看到老爷爷兄弟二人分属于人形雁阵的两侧，后面还有数只健美壮硕的雁，列队而飞。

站在这块地上真踏实，父亲说：“这地是咱老傅家的，从1978年开始，就是咱老傅家的了，以后也永远都是咱老傅家的。”他又感叹道：“祖爷爷老爷爷，你哪还有印象？”傅源摇摇头，说：“看到了，都在呢。”

他的爷爷已埋入此地，父亲和他，也将埋入此地。想到这里，他的眼泪就流下来了。按照序列，他找到了属于自己的那眼穴。他记起，在深圳的最初几年里，领导用赞许的眼神望着他们那拨年轻人，说：“都是好种子，好苗子。”二十年过去了，傅源知道，他没生长成栋梁，稀里糊涂活着，羸弱而单薄。

此刻，站在这块地上，他长成了一棵巨树，枝丫上挂满肥厚浓绿的叶子，绿得湿漉漉的。他的双脚钻进土地深处，又和四面八方伸过来的根系虬曲盘错在一起。粗粗的树根上缠绕着硕大的花朵，颜色明丽鲜妍，桃红、湖蓝、鹅黄……他从这个地方来到人间，等着，等着，再把使用了多年的身体归还给这片地。

他变得开阔，浩大，有来历。

此刻，隔着时间和生死，他和吕端重逢了。最后的日子里，吕端蜷身病榻，虚弱地重复一句话：“活着，老坟地让我知道我从哪里来，走了，老坟地让我知道我往哪里去。”朋友们像哄孩子一样哄一个濒死的大人，一个肝癌患者，糊糊弄弄，对对付付，说：“好呀，好呀，你的身体慢慢就好了。”

傅源前去探望时，吕端的眼神更加热切，他反复问一句：“傅源，你想过死后埋在哪里吗？”傅源支吾着东拉西扯，吕端自顾自地说：“一想到死后埋在深圳，我就觉得害怕，真害怕。”虽为同乡，但傅源无法承诺什么，只是叹气。

后来，吕端被安置在上千座形制雷同又各自陌生的墓碑中，墓碑和墓碑间寸草不生，只栽种着长不高的猥琐的小柏树。吕端的遗愿是：送他回去，如果有困难，就把骨灰掺上香油和炒面撒到空中喂鸟。关于他的身后事，人们争论不休，最后，吕端的妻子拍板，说：“随大流进百龄园吧，回老家不现实，也没法就近祭拜。喂鸟的胡话更别提了，入土才为安。”

吕端家不缺钱，买的那块地平整阔大，似乎死人活人都差可告慰了。但半年后的黄昏，傅源站在傅屯的土地上，懊悔地回忆，如果不能把吕端送回去，就该把骨灰掺上香油和炒面撒到空中喂鸟。

第二天，傅源再次来到傅屯。按本地丧俗，灵柩要停放三天。他早就厌倦了一切从简，缓慢的节奏和繁琐的程式对他而言是一种享受。当在堂弟脸上看到焦躁不安时，傅源为堂弟遗憾，为他的年轻。

堂弟倒像个局外人。凤婶子在屋里照应，外头主事的是几个陌生村民，昨天傅源就注意到他们了。他们看起来很特别，虽肤色粗黑，一看就是老农民，但此时的气度和架势，像先生，像文化人儿。

吃午饭时，傅源谈起那几个管事的人，夸他们懂行、文气。凤婶子并不觉得稀奇，她说："文气什么，也是种地的。在傅屯，谁家有事就找他们，哪个村子里都有这样一伙人。"

哪个村子里都有这样一伙人。此时，乡村司仪们穿着旧而干净的衣服，从容严谨地调度指挥，脸上有一种顺应而敬畏的古老的神情，这神情令他有恍如隔世之感。他走过去攀谈时，司仪们反复说一句话："人死了，谁也不知道是真没了还是又去哪里过起了日子，一切都要往好处办。"

天色渐晚，哭声断断续续，傅源起身走时，凤婶子嘱咐道："明天出殡，早些过来。"傅源点点头，他有点儿担心堂弟傅安。午饭那会儿，他听见傅安夫妻俩吵了一架。两人躲在西屋里，开始声音压得很低，后来，傅安嚷嚷起来，说他也烦，累死了热死了，没完没了的。傅安的妻子在省城教育局上班，是个肤色白净、态度矜持的女人。傅源了解这样的城市女性，身份感强，总拿着一股劲儿，眼神里有几丝挑剔和玩味，偶尔又闪过不易察觉的厌弃。

凤婶子也听见了，她撇着嘴对傅安说："城里女人都不懂事的。我不愿跟她犯话，你毕竟是公家人，不行就拿话点点她，看她透气不。”傅源勉强答应着，心里却想到自己的妻子。外人眼里她性格爽朗，似乎从未被不良情绪困扰。但他总能察觉到她脸上的不如意，这不如意又被一层膜紧紧包裹着，似要渐渐酝酿成狂躁。他小心疏导，她才肯说：“双开门冰箱是我的理想。”他说：“买啊。”她沮丧地回答：“偷偷量过了，窄门窄户的，买得起也运不进来！”

两年后改善了住房，理想实现了。过了不久，她又是一脸不如意，说：“我讨厌这个家，每个房间里都放着一张床，我想要一个没有床的房间。”后来他们住进四室两厅的房子，她总待在没有床的房间里，眼睛放光，张开双臂转圈，欢快地感叹：“真奢侈，简直是浪费！”一度，他觉得妻子是从心底感到满足，以至于又看到她气鼓鼓的样子时，他的心开始往下掉，不怕谷底，怕的是连谷底在哪里都不知道。她得到的永远是一种虚幻的幸福，无底深潭，永无完结。

她自顾自地生闷气，他坐在电脑前，淡然地说：“跟你在一起压力很大。”语气温和平淡，像句套话。但显然她极为理解，套话因而变得锋利无比。是的，她自己都不喜欢自己。她又哭又闹，却更像是给自己闹。不久，他发现家里的酒慢慢变少了，都是高度白酒。她曾滴酒不沾，捏着鼻子说太辣。这两年，她胖得什么都不吝了，松弛，浮肿，过去鲜明的面部轮廓看上去已模糊一团。

当傅安妻子从西屋走出来时，傅源心头一震，恍惚间仿佛看见自己的妻子。他熟悉她脸上的表情，刚吵完架，刚失控到连自己都不敢相信那是自己，然而，温婉女人，木木地微笑，假装一切都很好。

对逝者来说，出殡是进入另一个世界的最后一道手续。傅源迷恋地注视着眼前的一切，多么讲究，又多么精准。从孝衣的长短和颜色上，他看到了长幼齿序，第四辈的孝帽上分明别着一朵鲜艳的小红花。从接待宾客的细节上，男人在院子里迎着男宾，女眷在里屋候着女宾，他看到了阴阳调和，各安其位。当沉迷这些老事儿时，他承认自己老了。正如小时候讨厌吃花椒，嫌它麻嘴，现在却渴望花椒的辛烈蓬勃，他需要被麻，一麻就存在了。

这天，凤婶子精神高度紧张，仔细检查着瓦盆、打狗棍、五谷粮囤等物件。她是个爱脸儿、挡事儿的女人，这会儿也不抱怨自己命苦了，只想把丧礼办得体面周全些。

日头居中时，总执事高喊一声："起灵了。"傅安领头，出殡的队伍徐徐前行，纸钱如霜似雪。队伍由巷子行进到马路上，傅源看到，路两旁站满了人，也随着队伍缓慢移动。又往前走了一段，他觉出有点儿不对劲儿来。

太安静了。

按说这时候，儿媳妇应率领着众人放声大哭，但傅源听到的哭声羞怯微弱，他往前望去，傅安妻子眼泪不少掉，就是不出声。她哪还会放声痛哭呢？机关上单位里，不兴这个。

傅源的心往下一沉，这样下去村民会看笑话的。他也想大声嚎哭，奇怪的是，声音从嗓子眼挤出来，紧涩而破碎，他发出了令自己都感到陌生的哭声。气氛变得很怪异，傅源闭上了眼睛。

随即，帮忙抬灵的人停住了。傅源怔怔地看着堂弟，堂弟嘀咕着："村里人看得短，怕是想要钱？"他赶忙从裤兜里掏出用白纸封好的钱。

村人不言语，动作却坚定，用手推回来，傅安立在原地，难堪窘迫，四顾茫然。他觉得自己在天地之间多出来了。

他无法就此消失，傅家子弟求助的目光齐齐落在他身上。他哭丧着脸，喃喃自语，手脚都不知道往哪里放。

忽地，一股高亢的哭声骤然爆发，撕开了凝固的沉默。

凤婶子不是哭，是吟唱出来的哭，是炫技，是咏叹调，声音里充满了戏剧腔和形式感，并有一种接近文学的品质。

她多像个艺术家！

她一骑当千，掩护了众人。傅安夫妇终于亮开嗓子，领头哭喊着一路来到祖坟处。逝者归位，进了自己的那个窝。

傅源想，锁头叔，你成了。

大幕落下，傅安两口子心有余悸，说："要不是婶子，今天就出大丑了。"凤婶子摆手道："家里埋人不容易，我不出力谁出力。等我没了，你们回来好好打发我。"

后辈们虚虚地应着，她一转身，傅安就说："我把父亲送回来，我儿子还会把我送回来吗？凤婶子能活几年，让我儿子找谁去？"傅源想起正在读大学的女儿，她喝什么东西都喜欢用吸管，看起来无比娇弱。

明天就要回深圳，傍晚，傅源再次来到老坟地，在榆树下向北而坐。吕端的老家叫清凉店，就在傅屯的北边。傅源看到，北边的土地上正要冲开一条公路，有户人家在迁坟。

坐了半天，他起身离开时，榆树的枝叶间蹿出一只小鸟，是一只红尾伯劳。他心里一动，眼睛亮了一下。他熟悉这种小巧俊俏的鸟，每到秋冬，深圳温暖的湿地上就落满了红尾伯劳。不可避免地，就在这个瞬间，隔着茫茫山水，他又望见了百龄园里的吕端。

墓园里，碑林沉寂。

出入

1

林君和梅杨夫妇俩，“五一”就开始计划“十一”的行程，从希腊到清迈，从阿根廷到南非，世界像个小巧可爱的地球仪，尽收视野之内。假期真的要来时，他们哪里都没预定，一切都晚了。

九月末，林君坐在办公桌前，双手圈住马克杯，眼睛盯着水晶相框，照片是一家三口在大堡礁的合影。他忽然意识到，举棋不定的真正原因，是他不想跟妻儿同行。他把相框扣在桌面上：这两个人，深深地打扰了他的生活。他都到这个年纪了，还没有多少时间做自己真正喜欢的事情。

晚上他回到家里，发现梅杨情绪低落，她又在白话李卫红。上个月，夫妇俩应邀参加了李卫红举办的冷餐会。李卫红身着波尔卡圆点连衣裙，黑发高高绾起，她站在窗下，细长的手指拈着细长的红酒杯脚，仪态万方。客人到齐后，她的目光像过了筛，细密均匀地洒落下来，把新朋旧友都照顾到了。她在人群中翩翩穿行，分享自己做酸奶、发豆芽、调制固元膏、酿葡萄酒、阳台种菜的心得。阳台上，西红柿成熟得开裂了，胖大的辣椒上有一层蜡质油膜。水灵灵的豆芽，艺术品般支棱在果盘里，绝非尿素浸泡过的粗大货色。

除了是位炫技派的生活艺术家，李卫红还是职场马太效应的受惠者，照梅杨的话说，每次都是她，跟提前录制的一样。梅杨始终生活在李卫红的阴影下，鄙视她愤恨她，却又受虐癖般地不能停止接近她。从某种意义上说，李卫红深深地介入这个家庭，也是成员之一。

有一次，梅杨说："李卫红有两个手机号，双卡呢。"

林君说："双卡很高级吗？能说明什么？"

梅杨说："神秘，有力，关系多。手机是社会关系的总和。"

还有一次，梅杨说："我发现了李卫红的秘密，每月最后一个周三的下午，她的QQ和微信就响个不停，她拿出专门的时间发邮件发微信留言QQ，润滑各类关系。"

林君说："你们疾控中心的大夫，专业人士，业务过硬就行了，还搞什么关系？"

梅杨说："现在不是到处都讲业绩吗？交游广阔、相识满天下才有业绩可言，她还组织了蕙兰读书会，"梅杨突然变了声调，嘲讽道："真是个精致美好、懂生活、有情调的女人啊！"

林君也笑了。他想，李卫红以及她所展示的生活，呵，多像一株工巧的盆景。

今晚，梅杨又陷入无尽的惆怅和自责中。她说："卫生局的一个副局长来中心调研，李卫红惊诧地瞪着眼睛，对副局长说，我都不敢认，您太年轻了。夸得那么自然，跟真的似的，把副局长哄得哈哈大笑，气氛特好！我就说不出口，说出来恐怕也弄巧成拙，没那个效果。”

林君说：“戏路不一样，你别总想着出彩，能接个顺口话就不错了。她天生就为场合而生，老练，松弛，反应快，有幽默感。”

梅杨说：“也未必，说不定是经过练习得来的自然，不知多少次尴尬、失误、冷场换来的呢。”

她吞吞吐吐起来，林君意识到，这并不是一次漫无目的的絮叨。

梅杨说：“有人在背地里传，李卫红经常去听万把块钱一场的讲座。”

每次陪着妻子讨论这些俗气人事，林君的内心都有几丝隐隐的厌恶，他不想被她拖入泥潭。但听了梅杨这句话，他心里一动。旅行计划被有意无意地搁置，竟是不谋而合，竟源于两个人均难以启齿的对分开的渴望。

紧密的集体生活终于裂开一道缝隙，儿子去姥姥家疯几天，刚割完乳腺瘤的金毛犬被送到宠物托养所，梅杨参加了一个“锻造人格魅力、搭建高端人脉平台”的培训班，而林君，终于有机会体验短期出家。

2

雨没下透，焗炉般的蒸热天气，但一上山就有清凉的风，富有线条感的风，扯成一条条的，吹拂过来。沿着一条青石板路，林君来到半山腰的开阔地，他往高处眺望，看到寺院依稀隐现于逶迤山势的尽头。天上也在刮风，水墨色的云团擦着庙宇的黄瓦飞檐，缓缓飘过去。

终于站到平坦的山顶上，红尘的烟火灯光在远处明灭，杳杳渺渺似一幅虚化的照片。满目皆是山，生动而浓郁的山，被层层叠叠的亚热带植物覆盖着，呈现出饱和的墨绿色，润泽了他的双眼。

他办好手续，走进居士寮房。寮房恍若宾馆的标准间，床单雪白，沙发松软，只是没有电视和网线。他往窗外一看，群山环绕，静默无言，是个清净的栖身之地。

他换上海青，在寺院里走了走。山门处分发“文明香”的义工大都是中老年妇女，一张张历尽沧桑的受苦的脸。偏殿开着一扇小木窗，窗口里坐着个眉眼清秀的和尚，负责登记功德善款，记录金额和心愿的小本子叫“缘簿”。两个厂妹打扮的女孩儿在窗口前叽咕半天，后来，林君在缘簿上看到她们的心愿。两人总共捐出十元钱，写下两行字：“找份好工作，嫁个有钱人。”林君摇摇头，十块钱办这么大的事！他不禁怜惜起两个年轻女孩儿来。

香客来来往往，不时有善信跪在蒲团上叩拜。林君观察着祷告的男女老少，却只发现了一种表情：对所有的失去都心怀恐惧。

天色渐渐暗下来，起了雾，水意溟蒙。林君回到寮房，无事可做也就睡了。

是鸽子叫醒了他。

他走进地藏殿开始早课。出家班总共三十几个人，他收起了射线般的目光，那种一眼就能把人剥光、就要盘问出社会位次和经济状况的目光。他端详每位学员，只为了确认没有熟人。眼前的面孔大都寡淡平常，只有班首引起了他的注意。班首额头上有一道疤，并不狰

狞，形状还在，颜色已经旧了。林君还看到，班首的手腕上戴着一串玛瑙佛珠。他的手腕上则是红绳串起的小叶紫檀佛珠，陪伴他四五年了。正是这几年，他总处于生病的前兆，却又生不出来。能生一场感冒也好，跟出身大汗一样，该多叫人舒服和痛快！

细雨般的梵呗声洒落下来，滋润着心上的疮疖痈肿。他微闭的双眼渐渐失了焦，那些坚硬如石头、清晰得纤毫毕现的人，终于变得模糊迷蒙。他一直不愿向妻子坦白，他也被众多男版李卫红包围狙击着，现实里的朋友，以及传说中的才俊，都是一种令人沮丧的提醒，甚至是让人心悸的警报，不管认不认识，一想起他们存在着，于他就是如影随形的压力。

今夜，他依然早睡，睡得并不沉。半夜下起了山雨，温柔和缓的丝雨，没有一点儿火气。雨声若有若无，他坠落到梦境里。

他是被惊醒的，迷迷糊糊地，仿佛有人呼唤他的名字，又似电话铃声的催逼，一声比一声紧迫。过了好一会儿，他才辨识出，是隔壁传来的哭声。哭声在黑夜里找到了他的耳朵。

眼泪晕染出一幅画面：一个成年男人在哭，哭的方式却分明像个小孩子，闭着眼，张着嘴，从喉咙里往外号。

林君起身走出去，站在隔壁房间前静静倾听。哭声渐次小了，里面的人在努力控制，似乎用双手把自己的脸摁在枕头里，摁得死死的，声音被闷起来。接着，哭声越来越微弱，像蜿蜒向前的溪流，流着流着越来越细，终至于干涸了。

他犹犹豫豫地正想离开，哭声却似倒伏的麦浪，猛然被大风吹得站起来，是放声大哭。

他和一个哭泣的男人，隔门而立。黑暗像一把撑开的伞，罩在他们头顶。

他心里升腾起一股陌生的热情，冲动地敲响了门。他随即就后悔了，懊恼地后退几步。这男人只想躲进深山的寺院，把攒了很久的眼泪哭出来，为什么还要打扰他？

然而，哭声如遭刀割，齐刷刷地断了。

接下来的几天，林君的睡眠变得很差，他总能听到哭声，醒来才发现是做梦，一看表才凌晨一点多。

出家班成员之间是布满孔洞的疏松关系，每个人都独来独往沉默寡言，刻意保有疏离感，享受着咫尺天涯的美妙，谁也不愿轻易打破。林君始终不知道隔壁住着谁。

打坐诵经时，哭声也水一般地漫上来，从脚底往上漫，冲散了他心底的寂静，杂念像脱线的珠子到处滚动。某个瞬间，他感觉自己变得很轻，在空气里浮起来。他被千万条丝线扯动着，沿着一条小径飘下山，飘着飘着，就来到山脚下的人间。

一直等到晚课结束，他的意念都没归拢，尘埃般悬浮舞动。

今晚是在寺院度过的最后一个夜晚，他忍不住打开手机。短信叮咚叮咚地来了，其中有五条来自梅杨，内容都一样：“七号下午两点钟，来薛荔会所参加我的‘毕业典礼’，务必。”

假期已绝尘而去。他懊丧地躺在床上，此行并未收获安宁，反而愈发疲惫，疲惫得像城市的一条主干道、超市的一台收银机、玻璃幕墙上彻夜闪烁的灯饰。

恍惚中，他走进一个幽深的地穴，沿着一条长长的暗河前行。岩壁上不时有水珠滴落，他全身湿淋淋的，如一片吸饱水分的沉重的树叶。

他在不适感中醒来，摸摸身上，只有夜露的潮意。他猛然意识到，隔壁的人又在哭了！他把耳朵紧贴在墙上，哭声是一种暗语，而他都能听懂。

身体里有什么东西往外涨，终于，柔软脆弱的双眼先被涨破，他也跟着哭起来。他想起过往的自己，无论什么场合，领导一说话，他就拿出笔记本来认真记，不知有多少人背地里瞧不起他。他想起现在的自己，副调研员林君。他羞于告诉任何人包括自己的老母亲，他偷偷找天桥下的小瞎子算过命，卜问前程。

明知小瞎子骗他，他也甘之若饴地上这个当，真是痴啊。

他总对自己说，一心想往上攀，是为了儿子——看看吧，他生活得多么不诚实。

汗液和病，经由眼泪汩汩流出。

后来，他来到湖边的一棵野茶树下坐着。四面八方全是绿，成片成片的，富丽而又自由的巴洛克风格，从青苔、蕨类、灌木丛到高大的阔叶树，深深浅浅的绿色向上升起，又跟随青山往天际蔓延。夜色里，那色彩具有了某种浓度和体积感，像油画上大块大块的颜料，从画布上往外凸。天空越来越低，漫天的星星朝着大地俯冲过来，光滑安静的圆月掉在水面上。青蛙从一片枯荷叶跃上另一片枯荷叶，月光碎了。一只鸟在空中静立，神乎其技。

僧人的诵经声在寺院上空响起，干净透亮的声音，像刚刚用清澈的秋水洗过。

他房间的隔壁走出来一个人。借着晨光，他看到，那人的额头上有一道疤。

3

薛荔会所坐落于宁静的山谷中，一进会所，林君就被一种诡异的气氛感染。工作人员背部插着两片天使般的雪白翅膀，她们向家属做出噤声的手势，把十几个惶惑的家属引到拱形大门前。很快，里面有“天使”出来接应，内外“天使”眼神交流后，大门徐徐开启。

灯光幽暗，音乐声像片片羽毛飘荡在空中，林君侧耳倾听，是巴赫的《马太受难曲》。一个海明威式美髯的外国老者站在高台上，念念有词。中国女翻译身着金丝绒滚边的丝缎盘扣旗袍，胸前挂着十字架，声音轻柔舒缓，是催眠的音调和节奏。一方朱红色的匾额悬挂在墙壁正中，书着“玄真”两个大字。窗下供着一尊观世音菩萨像，旁边的书架上码着一摞书，《唤醒心中的巨人》《别让不好意思害了你》《穷人羊性，富人狼性》，诸如此类，不一而足——这是一个具有高度概括力的错落的场景，足以承载任何巨大的迷惑。

所有学员闭着眼睛，手拉手围成一圈。林君找到了妻子，她安详满足地站立着，是圆圈上的一环。忽地，外国老者的声音高亢起来，女翻译一声令下，学员们立刻卧倒，匍匐而行。他们的脸贴着地面，手向前伸展，爬了几步后，众人的手在圆心处汇集，以另一种方式重新组合在一起。

又一声号令，人们站起身来，拉着手后退，形成一个更大的圆圈。接着，他们的手松开，默然而立。

“天使”示意家属找到自己的亲人并站在其面前，就位后，煽情的音乐声骤然响起。学员接到指令，睁开了紧闭的双眼。他们马上看到自己的亲人，欢呼声四起，气氛温馨热烈。林君配合地张开双臂，脸上露出鼓励赞许的微笑。他想起两人之前的一次拥抱，是在许巍的演唱会上。一片漆黑中，天空里蓦地投下一束光柱，许巍已站立在舞台中央，宛若天神临凡。接着，灯光制造出更奇特的效果，万丈光芒仿佛从他身上辐射出来。他开始唱了，是《空谷幽兰》，四言古诗的歌词，180度的显示屏上，鱼儿离开了水，游过竹林，游过莲花，直至转身向上，游向天空。禅意和山林气像一场大雾从天上落下来。许巍弹拨着吉他，声音从清朗明净到若有若无，在几乎快听不到时，忽然所有的乐器都进来了，一起进来了，于是声音成了画面，各个感官被组织联系在一起，一座山陡然从地表迸出，耸入云霄。林君扭头一看，梅杨的脸上已是两行眼泪，她仰着头，轻轻摇晃着自己的身体。一曲终了，有人发泄般地喊叫，声音都劈了，有人默默流泪，黯然神伤。许巍像个伟大的宗教领袖，一言不发，而目光所及之处，人浪翻腾，欢声雷动。林君抱住梅杨，这么多年来，彼此已近于中性的存在，但那个时刻，他像抱住一个无助的少女。

此刻，梅杨从他怀里挣脱出来。她像大猩猩一样捶打着胸口，说：“这些天，我自己修理自己，修理到了最深的一层，改过自新的感觉真好！”

女翻译的声音又响起了：“在亲友见证下，你们实现了惊人的蜕变，为新生狂欢吧。”学员们得令，开始动作一致地跺脚，同时高举右手：“我很棒，我很棒！打开自己，打开自己！”

磅礴的音乐适时插入，大团彩纸从穹顶喷射下来，灯光也开始发力，快速频闪的摇头灯令场面更加火爆。众人神情迷乱，又哭又笑。不知何时，角落里多了四面大鼓，身着红衣的壮汉挥动双臂，鼓槌落在紧绷的鼓皮上，声音雄浑有力。

果然是鼓动人心。林君也兴奋地跟着人群舞动，随机地握手拥抱。他渐渐融化在人群里，感觉到前所未有的隐蔽和安全。他身边有个老太太，已到了祈求松鹤延年的年纪，竟然还对他说着步步高升的祝词。还有一个中年男人，高声宣告：“我脱胎换骨了，我脱胎换骨了，我要卖掉十万台透析机。”梅杨不知从哪里冲出来，凑到他耳边说：“人是会进化的，我把自尊心进化没了！我跟每一个学员都混得很熟，好朋友，交了心的！”

每个人都呈现出满血复活的亢奋状态，人群中不时传来大彻大悟的金句。“人活着不是为了找到自我，而是为了破除自我！”“站在自己的对面，就意味着潜能将被开发！”“什么是放下？就是放下矜持，放下原则，放下你受过的教育，方得大解脱大自由！”

蓦地，所有的灯都亮了。鼓声停歇，老者和女主持也不见了。

梅杨跟朋友们道别，她看起来亲和、自信、充满魅力，像个真正的社交高手。

走出会所时，林君在前台看到一个男人，虽然男人脱下了海青，他还是一眼就认出来了。男人正在刷卡，服务员跟他确认：“是初级班和中级班连读吗？”男人说：“是。”磁卡爽利地刷过机器的沟槽，发出魅惑动听的声音。林君一边走，一边扭头往回看，男人还在跟服务员说着什么。

林君听得不是很真切，他依稀听到男人说："我要单独见住持。"

这时，梅杨幸福的告白声清晰地传到他耳朵里，她说："林君，我，我可是修成正果了。"

木兰辞

1

一立秋，天就凉了。

远处的天上，挂着几缕青灰色的云彩。窗外，梧桐徐徐落下几片黄叶。独自站在窗前，陈江流紧绷的脸突然柔和起来，这是生活中值得珍惜的时刻，悠闲，宁静，淡淡的无聊。

第一次见邵琴也是食蟹时节，在中式风格的云来居里。那晚的聚餐汇集了本地多位名士，书协副主席，晚报副刊的编辑，容颜萧瑟的词人，陈江流则是在家修行的居士。这样的场合，需有几位可人儿来装点才算圆满。来了一个盛装艳服的小学教师，一打照面竟多半是熟人，便淘气一嗔："呦，人生何处不相逢呢。"还来了一个中年女人，生面孔，出场也平淡，在美艳教师的对照下，暗哑无华。主人介绍说她叫邵琴，邵琴靠门落座，始终微笑，笑容仿佛长在脸上。

晚宴上总是行当齐全，有看不够的表演。每个人都各司其职。有人天生是社交奇才，一张嘴就有无穷的魅力，负责搞气氛；有人专好取悦女客，服侍周到，言语上也不忘讨些便宜；有人话不多，却能穿插精辟妙语，立刻博来青眼，印证了自己绝非俗物。亦有一见如故、引为知己的，凑在角落里私语。

陈江流是个闷人，埋头吃喝冷眼观察，也自有乐趣。这晚，陈江流的耳朵失聪，眼睛却一直发亮，他被那女人吃饭的姿态吸引住了。

先上冷菜，豆腐皮花生米，摆盘虽精致，却是家常食物。人们高声说笑，筷子在嘴里捣来捣去。这时，陈江流注意到，每道冷盘上来，邵琴都夹上一点儿，然后，她集中起全副精神，目不转睛，轻品慢咽，齿颊微微地动，是每一丝细小滋味都不可怠慢的郑重。陈江流的动作慢下来，心却越跳越快。别人卖弄什么，哄笑什么，他全听不见了。

今晚的重头戏是食蟹。如果说冷菜环节是大戏上演前的序幕，众男客兴味盎然地聚焦于明艳的小学教师，唯有陈江流独具慧眼，发现了暗影里的她，但到了吃蟹时，邵琴便“天生丽质难自弃”地，属于大家了。

服务小姐一色儿白腻的鹅蛋脸，穿缎面长旗袍，捧着托盘徐徐而入，在每位客人面前放了一只母蟹，一套食蟹的家伙。

虽满座都是文明人，但毕竟在留州这座北方小城，吃蟹也是近两年才开始流行。人们突地狼狈起来，摸摸剪刀，动动叉子，惶惑地放下，心一横，干脆连壳带肉地大嚼起来。

陈江流在看邵琴。她先把毛茸茸的蟹腿折下，随即翘起两根手指轻巧地一掀背甲，露出油亮的蟹黄。趁还冒着热气，她拿起长勺，一刮一挑，蟹黄抖抖搂搂地立在勺子里。她弯下脖颈，慢慢地吸吮着。

气氛渐变，包间安静下来。每个人都在偷眼观察邵琴。有机灵的，最能见贤思齐，跟着放慢动作，不露痕迹地效仿。见她用镊子摘除白色的蟹鳃，已不幸误食的人，脸上不禁露出尴尬之色。她又沿着蟹脚方向，拆出蟹肉。吃罢，她把蟹身合拢，背甲重新盖回。接着用剪刀剪下蟹腿，分成几截，拿起签针，灵巧地一捅，雪白的蟹腿肉倏地落在碟子上。

就这样，邵琴的蟹吃完了，吃得斯文、秀气、得趣。她又端起温热的黄酒，慢悠悠地送到嘴边，啜了一小口。

桌上一片狼藉，残破的蟹壳，骨裂的蟹脚，而她的盘中，拼回一只完整的蟹，泛着金黄色的光泽，在灯下熠熠闪烁。

然而，邵琴的演出仍未结束。最后一道程序是给每位客人送上碧绿的蔬菜汁，用百合花形状的玻璃碗盛放。陈江流敏锐地觉察到，汁液有些浑浊，不像饮品。玻璃碗敞着口，也不似细长的果汁杯。他犹豫着，目光不自觉地望向邵琴。空气里陡然弥漫起几丝紧张，大家故作镇静地闲聊着。

小学教师的亮相煞是惊艳，随即黯淡了整晚，她哪受过这等冷落，瘪着嘴，脸拉得老长。似乎不愿错过最后的风头，一看蔬菜汁上来，她打量一眼，优雅地拈起调羹，舀一勺，喝了。

男士们颇能沉得住气，有上厕所的，有眯起眼睛点上一根烟的，都不肯轻易追随。

邵琴把剥完蟹壳的手，徐徐放进蔬菜汁里，微微一蘸，轻轻一甩，提溜出来，再用纸巾两面吸了吸，就这样气定神闲地，把脊背靠向了椅子。

2

今天，陈江流想起邵琴，却是在一个心慌意乱的时刻。他的妻子正式拿到了副教授的聘书。酸腐的教书匠和高级专才之间，就隔着这一层台阶。看起来只有一步，但对很多人来说，一辈子就没迈过这道坎。

多么梦幻的日子，她一整天都很亢奋，不停地在客厅里踱步。她对丈夫显摆道："这场战役，有几处值得自豪的亮点。"说是战役也不为过。学校里，社会上，但凡有力人士，都需刻意结交，硬件方面，为论文课题终于戒掉了电视剧。关键的评审期，她一边准备答辩，一边突击交际。陈江流知道"亮点"是什么。凡有投票权的专家，她每家都去坐了坐。据她描述，态度非常得体，堂堂正正，不卑不亢，既实现了目的，又不惹人反感。

陈江流想夸赞妻子两句，犹豫半天，只挤出来四个字："你真辛苦。"话说出口，自己也发觉，语气有点儿怪异，于是赶忙提议："别做饭了，去楼下吃水饺庆祝。"

饺子店面积不大，虽是典型的家庭作坊，却干净、坦荡。用餐区跟厨房只用一块透明玻璃隔着，往里头张望，能看到两个大妈动作娴熟地包起一个个雪白鼓肚的饺子。每次来，陈江流必点韭菜猪肉馅儿的。小院里，除了月季花、石榴树，还有老板娘打理的一块菜畦，种着芫荽、茼蒿、小白菜，搭着豆角架。傍晚时分，陈江流看着长短错落的韭菜被割下，空气里弥漫起新韭特有的清冽香气。老板娘抖抖泥巴，说："一过霜降可就吃不着了。"

新割的韭菜，手切的猪肉，现包的水饺，还有什么能比这更美好？

妻子的心思显然不在吃饭上，她低头盘算一番，高声道："五年吧，再有五年，拿下正高！”看着豪情万丈的爱人，陈江流的情绪并未受到感染，他低下头开始吃饺子。

见丈夫漠不关心的模样，她面色变得很凝重。陈江流没抬头，却凭经验感知到，风暴欲来了。

妻子板着脸说：“做人要善于经营，精心规划，无论事业还是生活，几年都要有一个突破。不然，你就多余了，你就被剩下了。”陈江流应着，说：“吃吧，再不吃饺子就坨了。”

她在心底长叹一声，怨恨地看着对面的男人。若是以往，她会识趣地闭嘴，然而今天不同，她的奋斗初现成效，是刚出炉的鲜活榜样。

她仍要说，硬着头皮说，故作亲热地说。

“老公，你到了出成就的年纪了。你的资历、人生经验、社会关系，各方面都能配合了。你欠缺的，只剩下心态，积极进取的心态。”她喃喃着，“真的，真的。”她的手顺势抬起来，仿佛随时能给丈夫一个强劲的推力。陈江流盯着她，在心里大喊了一声：“出成就，积极进取，我可以拒绝吗？你能不能别再为我规划人生？”

他在心底喊着。

类似的对话总是周期性出现，他们心底深处都有些怕，却无法避免它的到来。日子像个压力锅，如不按时释放出灼热的白气，就只能爆炸。

她怕见到他失去耐心的眼神，仿佛她俗气、粗鄙，是个极端乏味的女人，在才学志趣上都无法与之匹配。

他怕见到她痛心而满怀期待的表情，那表情能锐利地刺破他的幻觉，容不得他自得其乐。他也厌恶听到她的说教，铿锵，尖锐，令他想起盛夏闷热的午后，蝉的嘶鸣声，高亢，洪亮，不知疲倦。

妻子没有停下来的意思，而他只想好好享受这盘水饺。他看到妻子脸上堆满笑容，粉饰太平的笑容。他心里却清楚，她恨他，有时恨不得杀了他。

他想，就咱俩在，做戏给谁看呢。也许是做戏给自己吧，他又有些可怜她。

她还在说，他假装倾听，实际上什么都听不见，只见她的嘴一张一合，一合一张。

还是忍不住了，他摔掉筷子，一字一顿地说："李副教授，你忘了，你是怎么调进这所大学的吗？"李燕的脸寒下来。这话题一直是夫妻俩的雷区，两人小心翼翼地绕开，谁也不轻易碰触。

瞥见老婆的窘状，陈江流有些懊悔。那根红线，他也不想踩。吵架，吵架，怎么又搞成这样？他沮丧地望着小庭院，恍惚间，他看到，邵琴就站在丝瓜架下，嘴角浮现出迷蒙的笑意。

副高是属于李燕单个人的精彩，新的工作周到来，他仍在一所暮气沉沉的中职学校里，做一名可有可无的美术老师。

画画虾、画画兰草，就这样送走一茬茬学生。始终陪伴他的，是一本泛黄的教案。用了十几年，纸都脆了。潮流起落，绘画理论没变。他告诉学生，西洋人画螃蟹讲究逼真，像是真像，但也被局限住。而国画里的螃蟹，只用深深浅浅的墨，随性地勾勒几笔，追求写意和神似，它不是哪一只具体的螃蟹，但可以是所有的螃蟹。

他擎起自己的示范画，向学生展示着。半生的宣纸，纸质绵韧，笔墨所落之处，是恰到好处的渗化，仿佛还带着水气。

这幅清水墨螃蟹，绘于一年前初见邵琴的夜晚。笔势灵动，水墨淋漓，线条的浓淡和疏密都臻于理想的境界。一个懂门道的观赏者，能轻易穿透时间，尾随画作重回那个激情四射的夜晚。灯下，作者正处于创作的绝佳状态，一切都水到渠成。创作不过是等一次相遇。本来就属于他的作品，天赐神缘之下，一头扎入他的怀抱。

一年过去，他再也没见到邵琴，那晚的场景却变得越来越清晰。邵琴不喝酒，不调笑，不讲段子，她仪态万方地吃蟹，宛若惊鸿一剑，削铁如泥，满座皆惊。

那晚群贤毕至，本是群戏的格局。然而剧情峰回路转，一个并不年轻的女人，言谈也不出众，不声不响地就轰动了圈子。散了场，陈江流和书协的吕家鹤同行。吕家鹤人物风流，和本城奇女子多有往来。一路上，他唉声叹气，不住惋惜："这样的人物，怎么现在才出现？"陈江流不说话，却依稀感觉，她对自己是另眼相看的。

此后，陈江流在脑海中不断复习，一遍一遍，连微小的细节都越来越明亮。小学老师是典型的沙龙女人，陈江流跟她相识已久却从未深交，只知道她笔名叫"绰姿"，酷爱使用"生如夏花""如歌行板"之类的语汇。那天，她全身罩一件民族风、不对称的麻布斗篷，耳垂上夹着带长流苏的大红耳坠子。没有眉毛，是两根拱起的细线。眼妆最用力，鲜亮的眼影，粗密的睫毛，拉长眼尾的眼线。她非常清楚自己要达成什么效果。场合上，她需要亮度和存在感，所有的配饰都夸张、艳丽，有震慑作用。

饶是如此，她还是悲哀地充当了人肉背景。

她和邵琴，就是西画和国画，就是具象和意象的区别。

邵琴穿一件收腰的羊绒外套，并不出挑，也绝不平庸。米灰色，有质感，剪裁良好，是最不容易被时间击垮的，经典的颜色和款式。

下了课，陈江流暗自出神。还是只剩下回忆。菊黄蟹肥的那个晚上，一面之缘，之后，在某个出其不意的时刻，她倏忽而至，诗意便缓缓地荡漾开来。

3

冬日到了。纷纷扬扬的雪，在午夜时洒落到大地上。清晨，陈江流推窗一看，世界简单了。他来到楼下，不自觉地伸出双手。丰腴的雪花，雍容地在空中飘，无声无息地降落到手掌上，缓缓融成一滴水。

因为这场雪，大年初七这天，他没有参与任何团拜会，也婉拒了几位佛教徒的登门叙旧。这样的日子多么适合消失，让自己消失在白茫茫的世界中，只留一个背影，又渐渐变成一个黑点，直到一片空无，仿佛从没存在过。

近几个月，李燕从天地间凸显出来。高级职称仿佛就是高级人，她在单位备受尊敬，处处得到优待。自从她成了高级人，陈江流就觉得她说话咋咋呼呼的，格外尖利刺耳。快过年时，李燕精力旺盛地张罗着，陈江流却总想逃开。又是个肥腻的冬天，鲜鱼鲜鸡，硕大的猪后座，淌着油的炸货，成群结队的黑香肠……来势汹汹的年，令他觉得恐惧、疲累，过不动了。

他一直躲在自己的房间里。这套三居室的房子，一间为卧室，一间是夫妻共用的书房，还有一个小房间，是属于陈江流一个人的。书架上几排佛经，佛龛前供养着鲜花水果。他燃起三炷香，靠窗而坐，身后是缓缓落下的大雪。他闭着眼睛，一动不动。

很早以前，陈江流就从母亲身上领悟到残酷的生活道理：年并不欢乐，年是一个考验。好强的女人，该受的累要受，该花的钱要花。年夜饭是母亲大显身手的绚丽舞台。午后，她义无反顾地钻进厨房。母亲准备晚餐的场景，曾带给他巨大的震撼。雪亮的菜刀抬起斩下，黄澄澄的热油冒着热气，呲啦呲啦的爆炒声，极尽花巧的新菜式。寒冬腊月里，黄豆大的汗珠从母亲的额头滚落到脸颊，她说："有心劲儿，日子才能一年比一年好。"

初七已是年的尾声，鞭炮声从远处稀稀落落地传来。陈江流享受雪天宁静时，李燕正为迎接下一个节日运筹帷幄。她的表情是深谋远虑的，左思右想终于列好一个清单。她敲敲门，说："快到元宵节了，别总坐着，咱出去买东西吧。"

"这次买什么？"陈江流嘟囔着，"酱油还是面粉？洗手液还是卫生纸？"永远熙攘的超市，此起彼伏的促销声，每次的采买都轰轰烈烈，什么都有人疯抢。想到那种疯狂和急切，陈江流的心瑟缩起来。

因为买菜、购物，他们也不知争吵过多少次了。

"鸡蛋没了！"

"上周不是刚买过一板吗？ 几十个呢！"

"吃光了，煮鸡蛋，炒鸡蛋，鸡蛋面条，你每天不吃不喝吗？还有洗衣粉，洗衣粉也没了！"

她抱怨着，是那种最典型的令人生厌的"妇女"的腔调和嘴脸，看起来愚蠢而暴躁。

他很不情愿地跟着她，从超市里拎回几大袋东西。他一屁股坐在沙发上，用困惑的眼神望着妻子："到处满满当当，你往哪里塞呢？"这时，李燕会使用她在收纳方面的技巧，把冰箱、橱柜的空间利用到极致。

她是经验丰富的食材管理者。蔬菜方面，先吃叶菜，再吃冬瓜、番茄，最后是洋葱、土豆。他们总吃冰冻的鱼和肉，切成了小块，硬邦邦的从冷冻室里拿出来，淋上温水慢慢化开。几日后，冰箱被吃空了，采买行动又将展开。

买菜，又要买菜！陈江流无比抗拒，又不敢反对。如果他质疑，李燕会说："就你消耗得多，什么都指望不上，我真像一头驴，天天往家里驮！"

"我真像一头驴，天天往家里驮。"他喃喃地，把这句话背出来。

李燕眉毛一挑，问："你嘟囔什么？"

他凛然一惊，正不知如何应对，电话响了，他赶紧接起来，是吕家鹤，问他："老陈，来喝茶吗？茶城的月下草庐。"陈江流毫不犹豫地同意："好，我去我去。"

谁家都有几个这样的朋友。朋友吕家鹤不时掠过他们的生活。有时，是家庭战争的引线；有时，是他的挡箭牌；有时，是她的正面教材。她多次援引吕家鹤为例，劝告他："你心眼活络些，什么画得好画得歹，这行虚得很，身价都是圈里人给的。谁不画，谁才傻呢。"他的回答只有一个："不画，画了也没意思。"

他走到客厅，向妻子摊摊手，说："书协有集体活动，不能不参加。"李燕阴着脸，尖声道："去吧，你就去吧。"

对于喝茶，他其实也不向往，还不是东拉西扯，兼着认识几个闲人，见多少面也不过是点头之交。他并不知道，为躲避购物的逃离，竟交织着惊喜、刺激和挫败，远非他想象得那么平淡。

陈江流毫不费力地找到了草庐。草庐风格鲜明，果断而决绝地，跟庸脂俗粉划清了界限。圆形的雕花窗，厚实的原木门，门前放着一块农村拴牛用的石墩，一截枣木枯枝，显得朴拙而轻灵。没有灯箱招牌，只高高挑起一块青帘，随风招展，书着“月下草庐”四个字。茶社共两层，楼下是做生意的铺面，楼上别有洞天，布置成会客室，有别致的装修和私密的气氛。

经由一段弯曲的楼梯，陈江流拐进茶室。里面已坐了五六个人，他看过去，几件深色臃肿的棉衣簇拥着一件米白色的羊毛衫。

不知不觉间，雪已经停了。阳光穿过云层，照耀着对面屋顶上的积雪。

陈江流站在楼梯口，他感到一阵眩晕。重复的梦境又一次迤逦而来，几缕微光打碎黑暗，空气微微颤动着，脚步声近了，更近了。这是幻想叠生的一刻。他依稀看到，邵琴背着光，端坐在对面。桌上摆着棕褐色的大茶船，热气正往上升腾，缭绕不散。她像一朵轻盈的雪花，随时融化成一滴水珠。

作为茶社主人，她没有忧伤地蒸发掉。她招呼来客，说：“陈老师好，是第二次见了。”她的话把陈江流从隐秘的狂想中引领出来。

陈江流是最后一位来客，一看人齐了，邵琴拿出一块茶饼，说：“我们开始吧。”

泡茶之前，她反复冲洗双手，然后张开五指慢慢风干。看她的样子，众人奇怪起来：“怎么不用毛巾擦干呢？”她解释道：“不能用，再干净的毛巾也有异味。”

泡茶的手，经过清水和微风的洗礼，远离异味和尘埃，保持了绝对的洁净。虽是微小的前奏动作，欲语还休的预告，却如此意味深长，调动起人们对后续部分的渴盼。每个人的心都被撩动了，酷寒的冬日喝上一杯醇厚的热茶，本就是美事一桩，何况，这杯茶来自于考究、复杂的冲泡过程。程序本身就是一门自足的艺术，是形而上的、精神性的，有美学层面的意义，超越了低级的口腹之欲。

邵琴典雅地演示一个个步骤，搭配精要的讲解。在座的人，生活里虽少不了茶，却谈不上深入研究。而邵琴泡茶，对水温和器具有严格要求，用核桃大小的杯子盛放着。茶桌上，细瓷碟子里摆几样佐茶零食，金黄的板栗，油浸的蚕豆，清香的绿豆糕。

茶室里回荡起醇和的芳香，普洱茶汤像红玛瑙一般莹润剔透，汤面有一层鲜亮的茶油。人们刚欲开始喝，她手一抬，说：“别，先闻香。”随即闭起眼睛，凑近茶杯，低头吸了一口气，然后扬起脖子，五官慢慢舒展开来，仿佛一朵白兰花在她手心里盛放。

陈江流闻到一种高扬而清远的香气。这种香气不轻佻，不热烈，是端庄高贵的妇人轻抬藕臂时，宽宽的锦袖里飘散出来的味道。

友人们啧啧赞叹，邵琴适时地做介绍：“是古树的头春茶，放了几年，由生变熟了。”

就像冰冷的身躯渴望埋进松软的棉花被，陈江流渴望感受这杯茶。

一入口，鲜浓，饱满；咽到喉头，软滑的滋味在齿颊间回旋；咽下去，一股沉郁雍容的尾香从舌尖上隐隐升起。他的职业，静悄悄地，却也实实在在地，给身体留下创伤——以此作为活着的代价。长久的站立，令小腿上浮凸起青紫色的血管，接着，是慢性咽炎，喉咙里多了几粒肥厚的增生。然而，这杯神奇而玄妙的茶，将他的喉咙变成流水抚摸了多年的石子，平滑，光洁。

老茶的香，从前尘往事的深处缓缓涌至，绵绵不绝。

美妙的感觉，在看到一幅字时，戛然而止了。茶室的陈设简洁淡雅，玻璃花瓶里是水养的绿萝，垂下油绿的长藤，条几上摆放着刻有《兰亭集序》的竹简。他突地看到雪白的墙壁上挂着一幅卷轴，书着苏轼的茶诗：戏作小诗君勿笑，从来佳茗似佳人——落款竟是吕家鹤。

他的脸变了颜色。在他眼里，吕家鹤是书法方面的后学，起步时曾向他虚心讨教，此后写了数年并无多少长进。如今，他的作品竟名人墨宝般悬于邵琴的雅舍，居高临下，大放异彩。

回家的路上，天色阴阴沉沉。不一会儿，雪珠子落下来，密集，坚硬，掉落进温热的后颈窝。积雪开始残败了，地面泥泞湿滑。陈江流感觉到，自己的身体里散发出一股霉气一股迂酸，是一种失败的气味。

他震惊地发现，邵琴和吕家鹤俨然已是老友，有过几次闭门长谈，并且互为偶像，而他不过是个孤零零的局外人。所谓青眼相看，竟全是自己的臆想。

此前，他对邵琴的身份做过多种猜测。然而，真正的谜底是颠覆性的。她的主业是民办学校招生办主任，副业是茶叶店老板。

留州的民办学校，既无形象又无口碑，尤其招生这一块，多为坑蒙拐骗的路数。在抢夺生源、关乎生存的战争中，招生办主任是急先锋，最凌厉狡猾的角色，主动交际能力极强，信奉厚黑，口若悬河，翻云覆雨，用尖利的牙齿进攻一块块难啃的骨头。邵琴怎能是那样的人？她有一双清亮而坚定的眼睛，她应该文雅、矜持、情感丰富，他对她的虚构，似乎比实际情况更合理。

或许，不过是他的一幅画作，经过无数次的想象和描绘，画中人在水一方，隔着茫茫烟水和他对望。这幅画，像真正杰出的艺术品一样，不要全知全能，不要填充勾缝，有优美的留白，无穷的意味。

4

此后，陈江流深陷于一种难以言尽的落寞情绪中，年就这样过完了。开学这天，他领了课表回到家中，见李燕倚在沙发上，眼睛出神地盯着电视。陈江流一关门，她腾地坐起来，神情有些古怪。

他用疑惑的眼神望着妻子，她有话说，却一副难以启齿的样子。他只好问："开会说什么了？"

沉默一会儿，她才回答："没啥，就是系里有个去北京交流的名额。"陈江流明白了，说："好事，能争取一下吗？反正家里没牵绊走得开。"李燕苦着脸："你还装，你就是个大累赘，我去了，谁照顾你？"

陈江流细细想来，婚后她不知放弃了多少培训的机会，确实从没舍下过这个家。偶尔出去开会，三天五天，她都紧张兮兮，预备下吃的。晚上还打电话嘱咐，说饭都是现成的，拿出来热热就行。陈江流懒懒答应着，她就哀求着说，一点儿都不麻烦，热热就行。

今天，他笑了，说："别总拿我当小孩儿，要不试试看，离了你，我会不会饿死？"李燕紧绷的肩膀垂下来，问："你说真的？"又加重语气，吓唬似的说："一走可就是半年啊！"

陈江流满不在乎地说："去吧，吃饭问题好解决。"李燕欢呼一声，紧紧勾住他的脖子。她是真高兴，陈江流却笑得勉强，有点儿吃味。多少年了，他在她心里都是排第一的。这次狠下心把他撂在家里，还不是因为尝到职称的甜头，想再努把力拼上正高。

第二天，李燕一大早就奔赴超市，挑来选去，却只买回几包挂面。她忧心忡忡地说："日子长了，也不能总下面条。"她忽然想到什么，低声道："老太太还活着就好了，能给你做个伴。"

老太太此时待在黑色画框里，用沉静而永恒的目光注视着他们。

陈江流的目光掠过逝者，继续安慰道："院子里到处是饭馆，瞎担心！"李燕戳戳他的额头，半真半假地说："你就是块废物点心，这下自己受罪了吧。"

一星期后，陈江流把妻子送到北京。晚上，两人来到名声在外的后海。李燕松了绑般地大呼小叫，陈江流心情也有些激动。他俩隔着窗子看外国乐队的表演，有的声嘶力竭，有的浅吟低唱。

真正让陈江流着迷的，是什刹海畔的柳树。他一直以为，柳树跟北方的气质是不协调的。北方雨水少，树都往上挣往上蹿，倔强，好胜，拼命地想够着什么。只有柳树是不务正业的，不求上进的。然而，什刹海岸边的柳树，天生就该长在这里，这个靡靡之所。同伴们属于野生森林，而它是园艺的、绣楼的、闺房的。它终于把自己安放妥当了。倜傥的什刹海，让柳树把它的优美、婀娜、艳情充分展露出来。在沁凉的水气中，垂得漫不经心，垂得置身事外，不为柴米油盐发愁地，自足地，飘摆着，仿佛日子是一天一天拿来消遣的。

陈江流坐在湖边的长椅上，全身松弛，眼神不聚焦。柳条从脸上轻轻拂过时，他不愿意走了，心想，就在柳树旁住下吧，哪儿也不去了。有那么一个瞬间，他抓住了身边女人的手，他以为那女人是邵琴。

第二天，中年男人陈江流重新过起单身生活。坐在回程火车上，想到能独居一段日子，他有几丝兴奋。

他曾经多么渴望独处。

他大学毕业来到职校任教，绘画既是专业，也成为职业，真是个美好的开始，往前一望，画家之路遍地鲜花，光明而顺遂。

半年后，他发现，越画越好不是必然，神来之作跟刻苦练习没有必然联系。

他的脸上写满不安，他痛恨家庭生活和日常琐事，经常无端发脾气。他认为工作和婚姻让他失去了整块儿的时间，泯灭了天然的灵性。

文雅的恋人变得乖戾暴躁，这令李燕惶恐难安，看着丈夫削瘦的脸、阴郁的表情，她试探着劝了几句。不料，他反应强烈，他想抓起手边能摸到的任何东西，奋力扔过去。很长一段时间内，他习惯于用最暴烈的方式来表达自己，一开口不是嚷，就是吼。

后来，他在职校申请了一间空置的教室作为工作室，一个深思和静坐的处所，一个没有电视、沙发的原始洞穴，远离柴米油盐，告别人间烟火。在这个不现实的空间里，他将如有神助。

他带着最满意的作品寻访名师。老先生端详着，说："你的资质决定了你的上限在哪里。但现在，你没有达到你的上限，还有一段路走。"

路并不平坦，美妙而痛苦的历程，有时喷涌，汩汩往外冒，有时延宕，紧涩，凝滞。创作每一幅作品都像攻坚作战，一个细节一个细节地抠，在战壕里一寸寸地往前推移，终于来到一座高地，该冲锋了！他往上冲了几次，没过去，焦躁不安，落花流水。

墨迹未干，他已悲哀地发现，不过是用笔彷徨而极尽夸饰的习作。

渐渐地，他不再刻苦练习，他没什么作品拿得出来。他担心，若干年后，同行们给予他的评价看似宽厚实则尖刻：一个没有天赋但颇为勤奋的美术教师。

他花了数年时间来说服自己，他普通而平凡，在绘画上掌握了一定技法，但画不出什么好东西。既然如此，不如不画。他恍然想起老画家的话，他曾把那句话当做鞭策和鼓励，过了很久，才领悟到其中隐藏的深意。

从北京回来后，他幽灵般飘荡在空旷的家中，吃喝拉撒，依然不画。

前几天倒也清静自在，但很快他就发现，家属院里的小吃店很不耐吃，几顿就吃到怕了。他想念起李燕在家的日子。她披头散发一脸油光，用围裙擦着手从厨房里走出来，虽然他被迫做出谄媚的样子来安抚她的辛苦，但饭桌上两素一荤，是吃不腻的家常美味。她欣慰地说："看着你吃，我就高兴，真高兴。"

周末的早晨，他发觉自己陷入另一种窘境：放内衣的抽屉噩梦般空着，内裤和袜子用光了。洗手间里，毛巾散发出酸味，经常擦手的地方，有一层黑黑的印子。衣服四处散落，不知哪件是干净的哪件是穿过的，只能拿起来闻闻，再重新归类。

记忆里，生活从无上述的细节和过程。抽屉里的内衣源源不断地取用，毛巾架上永远挂着雪白清香的毛巾。当他笨拙地做家务时，对李燕的思念慢慢化开在空气中，发酵般地越胀越大，像把什么东西撑破了。

她仿佛无处不在，一直都在。

此后很长一段时间里，邵琴没再翩然而至，直到一个周末的晚上。

陈江流不嗜酒，不迷麻将，不看球赛，他用一串百八的佛珠，度清冷的长夜。

这样的夜晚他不愿被打扰，他想自己待一会儿。当手机铃声响起时，他懊丧起来，怎么又忘了关机?

是陌生号码，他犹犹疑疑地接通，语气不悦。对方一开口，他即刻听出来，竟是邵琴。

邵琴邀他去草庐。他迟疑着，猜度着。这次表演什么呢？她总有别具一格的本事，她知道怎样让别人发现她，看重她，记住她。

邵琴用诚恳打破他的沉默，她强调说："只请你一个人。"陈江流无奈地笑，嘴里却答应下来："好，这就过去。"

店面的阿姨已下班，给他留了门。楼上仅开一盏落地灯，屋里的灯光，屋外的夕阳暮色，都晕黄晕黄的，这样的色调慢慢渗出温暖，让人感到舒服放松。

两次见她，她都盘着头，高梳的发髻，光滑，饱满，看不到一绺碎发，她的脸和身体紧绷着，仿佛胸中提着一口气。此刻，她宛然回到后台，头发披散开乱蓬蓬的，面色晦暗，弓着腰，塌着肩，竟是个粗糙而懈怠的女人。

他恍然一惊，这是邵琴吗？这明明是另外一个人啊。他有些不敢认了。

他迟疑着说："你还有这个模样？"她伸伸懒腰，调整一下坐姿，说："忙了一冬天，骨头都累。"

他接口道："过年是累。"她摇头，说："最累的，是应酬人。"

他仔细看她，看到了一张爱操心、爱想事儿、经常睡不好觉的面庞，青黑色沉积在眼下，皮肤的底子发暗，而且不干净，斑斑点点的。

他问："脸色不好，生病了？"她摆摆手，说："没化妆，懒得捯饬。"

陈江流心里，感动又酸楚。在他面前，她不需要任何伪饰，换言之，他是个不重要的人，平庸可亲，不会令她感到有压力。看到邵琴衰败的面容，他并不失望，只感到惆怅，女性都是不经老的。

她说："见过两面，你都不记我的电话，是不打算有下一次吧？"话里有怪罪的意思。

陈江流说："聚散要看机缘。"

邵琴眼睛一亮，笑道："机缘？机缘是制造出来的。"陈江流仍然坚持，说："你不信，我信。"

"若信这个，茶行早倒闭了。"邵琴饶有兴味地看着他，说："来草庐喝茶的几个人，还记得吗？他们年前都在店里拿了一万多块钱的茶叶。"

陈江流一惊，问："买这么多？"邵琴说："给单位办过年的福利。像咱俩，凭着缥缈的缘分，一年偶遇一次寒暄两句，他们凭什么光顾我？"

陈江流仔细一想，那天除了他这个小教员，的确称得上高朋满座。

邵琴慢悠悠地说："还有两拨大行情，一拨是明前茶，奇货可居，走上层路线。一拨是单位的消暑茶，质量一般。反正发到办公室里白喝，过得去就行。”

她眼睛望着前方，双手扭绞在一起，似乎在用心谋算。陈江流从她的神情里，看到了紧张、兴奋和期待，她像战斗力过剩的红粉战士，渴望一场痛快淋漓的厮杀。

小店主营普洱，靠窗的博古架上，除了工艺品，还摆放着几块茶饼。他想到那杯宁帖脏腑的普洱茶。他由衷地赞叹：“下雪那天，喝的茶真不错。”邵琴点头，说：“是真正的陈香，可惜好普洱产量太低，我卖给他们的茶，都是湿窖普洱。”他耸耸肩，她解释道：“湿窖跟干仓相对，就是把茶青放在高温高湿的环境中加速发酵。”

陈江流皱起眉头，说：“卖给人家劣质茶，你做的是一锤子买卖？”邵琴看出他的担心，说：“也喝不出多少霉味。普洱一下子火了，谁能等呢？再说，人们喝茶也是赶时髦，茶叶这行水深，没几个真明白的。还有一拨人，专用品茶来装文化人，实际上半瓶子醋不懂装懂。”

陈江流也非懂茶之人，常喝花茶，标准北方口味，要浓浓酽酽的，有杀口儿，有后劲儿，舌头上感觉到苦涩才算过瘾。

最后，邵琴给了他一块生茶，说：“拿回家好好存放，别急，放个三五年再喝。”

邵琴把他送到门口，突地想起什么，问：“抽烟吗？”他回答：“瘾不大。”邵琴拍拍他的肩膀，说：“那就别抽了，普洱最容易吸味，再好的普洱，吸到异味也毁了。”

5

三月，春分。桃花鼓出花苞，白日越来越长。

在春日意气里，风烛残年的职专并无半点儿起色。当柳絮满天飞舞时，流言也开始随风漫飘。职专保不住大家的饭碗了，最乐观的结果是被一所实力雄厚的学校兼并，最差的则是彻底散掉。对职校的悲情结局，人们早有预感，却想不到来得这样快。人心浮动，老师们总凑在一起嘀咕，领导看起来也是狐假虎威了。

邵琴送的茶饼放在书柜最高处。独居的日子里，心情烦乱时，陈江流觉得普洱也是家里的一员。每周，他都拿下来闻闻，仔细嗅闻香味的变化。他压制住品尝的冲动，耐心等待生茶的成熟。他不轻易品尝茶饼，正如不想轻易去见邵琴，他认为他俩不需要经常相见。他想，他和邵琴的情谊，也要自然发酵，缓慢陈化，用时光塑造出醇厚的味道。

谷雨将至，邵琴应该为明前茶销售而忙碌，结交买办，送往迎来。近两年间，她横空出世又光华夺目，成为小城的名女人。陈江流从没刻意打听，关于她的消息已翩然而来。她的崇拜者在多个场合提及她，极力描述她的优雅特别。有个男人曾一脸神往，啧啧地对陈江流说："我们一起去吃基围虾，你不知道，到了最后，人家邵琴愣是摆出一盘子全虾，虾头和虾身完完整整，服务员都傻了眼。"

陈江流微微一笑，原来这次是吃虾。她手法别致，风姿高贵，知道如何使自己变得更有辨识度。她展露出来的一切都经过苦心打磨、巧妙设计，像一粒剔透的精米，一块刻意求工的宝石。

无论如何，他认可邵琴的方式。一个无须豪饮、打情骂俏、巧舌如簧即能俘获人心的女人。她是杜诗颜字，正统，耐读，格律严谨，稳重端方。

只是无人知晓她丈夫的来历，他便在心里速写。中层干部之类的，长相儒雅，处世圆通，说话不紧不慢，能在这世上活得很好。

这晚，普洱依旧像个睿智沉静的老者，慈悲地俯视着他。陈江流不愿去想职专的烦心事，拖一天算一天吧。他闭上眼就看到了邵琴。她仿佛来自高雅世界、仙境桃源，她一伸手，就把他也拉进去了。

他正沉浸在温柔梦幻的秘境，门锁一动，李燕推门而入，陈江流惊恐地跳起来。

一听说职校要垮，李燕就办好手续提前回来了。这场硬仗需要她这位总指挥、女诸葛，她深知，舍下一张脸四处求人，陈江流不是那块料。

李燕忙着向丈夫展示京味小吃，他笑得勉强，表情游离而抗拒，仿佛她打碎了他的某件珍玩。

李燕打开电视，没有人看，声音调得很大，她只能用嘈杂的声音掩饰自己的窘迫。

她顺着丈夫的视线看过去，目光落在了普洱茶饼上。她“哦”了一声，点点头。

又是邵琴，人们一直在传说她。李燕早知道丈夫和邵琴有来往，但从未在意。邵琴是手段高明、身家富裕的女人，需要她丈夫这个风雅无害的闲人，偶尔谈谈心，冒冒酸气，倾诉倾诉艰辛。而邵琴对陈江流来说，也不过是浊世里红颜知己之类的定位，心灵相通，授受不亲。

她对生活并无特别的期许，但丈夫的疏离还是令连夜归来的她感到些许失落。她没发作，脸色却阴沉如墨。陈江流嗅到危险的味道，不敢在她眼前晃来晃去，唯有以静制动。他蹑手蹑脚地关紧门，坐在了蒲团上。

夜已深，李燕检查完门锁和煤气，兀自上床休息。过了一会儿，陈江流也悄悄地躺过来。

他们都没睡着。

往事在时间的另一头，几乎已被烟尘埋葬，此刻，忽然明亮耀眼，冉冉升起，迤逦而来。

两人都是职校老师，一个教书画，一个教物理，对桌而坐。忘了从哪天开始，他们在意起自己的形象来，在办公室里偷偷照镜子，时而偷笑，时而惘然若失，空气里满满的，是恋爱的味道。

读书时，物理是陈江流驾驭不了的学科，他认为擅长物理的人莫不天分极高。李燕则视他为才华横溢的青年艺术家，周身散发着浓郁的才子气质。多年后，李燕回忆起来，总觉得是一个所谓的机遇摧毁了他们的生活。

她把没处放的恨，没处放的困惑，都倾倒在那个看似寻常的人生细节上了。

婚后不久，公公拿到一个调入师专的名额，陈江流像真正的骑士，把机会让给新婚的妻子。本来，职校和师专也算般配。只是世道的轨迹不可捉摸，唯有走出来才知道。很快，师专升格为综合性大学，李燕是大学教师了。几乎就在同时，职业中专日益沦落。师专发展得越好，李燕越觉得对不起丈夫。她是小偷，偷走了本属于丈夫的运气和福分。那段日子，她在各方面都急于表现。

那几年，陈江流在绘画上发展势头良好，俨然明日之星，陈母对儿子寄予厚望。婚后第二年，陈江流查出精子畸形，老太太受到沉重打击，一度萎靡不振。忽地有一天，她召开家庭会议，对小夫妻说："对外宣传上，只能委屈李燕了。"陈江流低着头一言不发，他已经懵了，有些事，从没想过会在自己身上发生。李燕看看婆婆，又瞅瞅丈夫，抬抬鼻梁上的眼镜，点头了。她觉得自己真没用，就见不得他受一点儿罪。

接着，陈母罹患偏瘫，令人闻风丧胆的偏瘫。李燕把她接到家里来，和保姆共同照料。陈母曾在医院做护士长，很会调教女人，也很爱调教女人。她生着尖冷的鼻子和薄薄的嘴唇，眼睛往里凹，非常聚光。即使在病榻上，她的目光依然令李燕战战兢兢。

在李燕帮婆婆翻动了上千次身体后，婆婆终于离世。从那时起，陈江流开始打坐念佛。他闭上眼睛打坐，她在门缝里偷偷看他。为他片刻的平静，她大气儿都不敢喘。她知道，她的男人，父母双亡，香火不继了。

他混成这副模样，又连个孩子都没有。他早就谈不上什么前途，如今连个后路也不知在哪里。想着想着，李燕的泪水默默流到枕巾上。她不敢发出哭声，却忍不住用手背轻轻碰触他的皮肤。

他感觉到了，也不敢动，极力让呼吸变得均匀沉静。

各有各的委屈，也各有各的心虚。

十几年间，这么多笔债，借了又还，还了又借，算不清的糊涂账。谁也不容易，谁都没享福。他们生活在牺牲、操劳、恩义编织成的一张网里，紧密而沉重，谁都出不来了。

6

陈江流的工作还悬着呢，邵琴的佳音传来。她从民办学校调入茶艺协会，不但设计茶具四处参展，还搞起茶艺培训，一举盘活茶协。她浪漫，聪灵，游遍著名茶乡，轻松地考到高级品茶师和高级茶艺师两个证书。她要的又不仅是虚名，旋即开起定位高端的茶叶店。然而还不够，适逢招生的瓶颈期，手头资源用得差不多了，她漂亮地变招，谋到一份文雅养人的好工作。

女能人邵琴是陈江流的理想，她极具社交智慧，于取悦、攀附、献媚、钻营之外独树一帜。她掌握了“虚名可以实用”的全部精髓，艺术的包装，闺秀的风范，最小的人格牺牲，最实在的收益。陈江流想做而未做的，做了也未必成功的，在她那儿，都实现了。

关键是，她的实现，灵性，优美，不丑，不恶心，没慌不择路，不精赤精赤的，也保住了最珍贵的一点儿内核。还能苛责她什么呢？她简直是个女英雄了！陈江流想到这一层，忽然觉得，某些东西也没那么可厌可怕了。

邵琴的伟业激发起他的斗志，他暗暗给自己加油，心想，再努努力吧。周五的晚上，他约请老同学李力去云来居吃饭。选择云来居，因为这里是他认识邵琴的地方。选择李力则因为李力是他儿时的伙伴，两家还是世交，他和李力的熟稔，铺垫着几代的渊源交好。李燕知道丈夫脸皮薄，怕他不好意思开口，硬跟着一起来了。

李力秘书出身，一支笔式的人物，如今已贵为一方“诸侯”。一见面，李力就笑呵呵地问：“大艺术家，最近又有什么大作？”陈江流连忙摆手，说：“早不画了，教教书，混碗饭吃而已。”

李力一本正经地瞪大眼睛，说："哪能呢？你比我强多了，看看我，文亦不成，武亦不就。"

饭桌上，李力对他又是羡慕又是夸赞，却只强化了一点，他什么都不是，他只能赔笑一个晚上了。

他们同岁。四十岁的李力，是前程似锦的年轻干部，社会上的强力人士。而四十岁的他，是一个搁置了创作的地方书画家，以前的作品曾保持地市级水准，如今连份糊口的工作都岌岌可危。陈江流不再接话，觉得自己是个大笑话，谁都可以揉搓他。他咧着嘴，吃了黄连般，只欲速速岔开话题。

李燕看在眼里，清清嗓子，认真地说："我家老陈很有才华，就是不爱找人吹喇叭，不然，早出大名了。"

她大声叫着他"陈画家"，是不带一丝调侃地叫，叫得他心里一抽一抽的。他二十几岁时，家里人也这么叫，并时常热议他的才能和前途，后来突然有一天，什么东西消失了，大家都很有默契地不再提起。

她还想继续说，在她心里，他是潘必正、张君瑞、柳梦梅、曹子建、皇甫少华、司马相如，要手拿一把折扇，倜傥地摇着，身边还围着一群帮闲凑趣的清客，不该是这副低声下气的样子。陈江流用感激而劝阻的眼神看着她，她乖巧地转换了话题。

李力煞有介事地嘱咐一句："千万记好了，给我写两幅字。"陈江流点头不语，抿了一口酒。

这一刻，李燕凝望陈江流的目光，像小鹿一般满含柔情，她仍然钟情于他眉宇间的英气，他清瘦而略带神经质的脸庞。

李力高谈阔论时，陈江流也走神了。现实再一次证明了李燕的见识和眼光。早在十年前，李燕就敏锐地把握住时代的脉搏，兴冲冲地告诉他，现在成绩不好的学生都去学艺术了，很多人办美术培训班发了大财。陈江流受了奇耻大辱般，用不可思议的眼神看着老婆。她避开他的目光，慢慢地摇头，低声说："你空有一个好专业，就是不会用。"

陈江流不再理会，她恨恨地预言："只靠工资，你就完蛋了。"

他不服气，顶她一句："有吃有喝的，完什么蛋？"

然而，李燕是正确的，她一直都是正确的。总算捱完了这顿饭，他狼狈逃窜时，完蛋的感觉，油然而生，强烈无比。近年来，他生活的这座小城，越来越虚荣，越来越势利，令他觉得自己低贱卑下，无处躲藏。

接下来的日子，陈江流的奋斗之火彻底熄灭。他早已不喜欢认识陌生人、拓展新关系了，如今更是躲着人躲着事，对什么都提不起兴趣来，早晨起来脸也不洗，直接就坐在电脑前。李燕细细一琢磨，心也冷了。这世界一个萝卜一个坑，可往哪里堆放他呢？

他身上的烟味儿越来越浓。吃完饭就走到阳台上，一抽就是半天。他靠墙站立着，身影单薄而孤寂。烟头明灭，烟雾缭绕，他似要渐渐溺毙。往外一看，是黑漆漆的夜，像无边的苦海。

李燕问他："李力有信儿吗？"他的头剧烈摇晃，说指望不上。

烟味儿久久不散，李燕为普洱套上一层塑料袋，扎了几个小孔透气。把普洱重新摆放好，她想起了邵琴。名媛邵琴，高士邵琴，能量惊人的邵琴，诸事亨通的邵琴。

这晚，当烟雾又在家里弥漫时，李燕悄悄走出家门，直奔月下草庐而去。

一路上，她硬着头皮，不停地说服自己，庸俗的这类事情，还是让女人来办吧！小市民李燕，你不办谁办？小妇人李燕，你不办谁办？她给自己鼓劲儿：李燕，你向来是泼辣的、没脸没皮的！

月亮天。

邵琴的茶室里围坐着一群朋友。她冒失地介绍自己，尴尬得手足无措，邵琴在短暂的愕然后马上伸出了双手，友人适时地告辞。

她们静静坐着，谁都不说话。当气味相投的女人相遇时，莫逆于心，言语显得多余。虽然表面看上去，一个大俗，一个大雅。

其实，她们是同类。

她们都曾是娇娇女，婚后才逐渐明白了一些道理，一些看似平常、但必须自己亲身走过才能领会的道理。比如说，保持家庭整洁，需要一个常人不停手地做。只要日子继续，就要不停地使用，不停地破坏，再不停地收拾，不停地归位。

她们都惯坏了自己的男人，她们的怨气一文不值，她们尝试着训练丈夫承担家务时，丈夫摔摔打打，坚定地认为，那是替她干的。

她们曾对菜价波动毫不敏感，不屑于算计。后来，她们一脸精明地出现在市场，直到把所有的菜都翻个遍，才心满意足地拿起一捆，还要把老叶子扒下来才称重。她们反复比较，耐心甄别，终于选出质量可靠、正在促销并捆有赠品的好东西。

她们离朋友越来越远，无法参与一定频率的圈子聚会。她们没有社交，偶尔抛头露面也太过矜持，有点儿木性，板着一张严肃的面孔，跟人交谈显得生硬，不会幽默地回应男性的言语调笑，在接受周到服务时局促不安。

邵琴的身上不乏传奇色彩，亦布满重重疑云。人们议论时，敬佩和迷惑交织在一起：邵琴一个老女人，怎么会突然杀出来，风生水起，多点开花。当跟邵琴相对而坐时，李燕肯定了一点，谜底势必牵连着某些伤痛和变故。她好奇地问起：“你男人干啥的？”邵琴似乎想说什么，迟疑片刻，摆摆手：“不提这个。”

李燕心里忽然涌起一阵悲凉，眼睛酸热酸热的。什么传奇巾帼？不就是个实在没办法了的女人吗？

邵琴反问道：“知道我以前做啥的？”李燕说：“你不是招生办的？”

邵琴摇头：“在干招生之前，我做了十几年的图书资料室管理员。我喜欢这份工作，不怎么见人，跟养在深闺一样。”

话说到这里，李燕猛然意识到，抒怀并非此行目的，她立即从忧伤气氛中走出，顺势恭喜她调入茶协，又不经意地提起丈夫的工作。

她紧张地等待着，她看到邵琴笑了，笑得明朗而贴心。邵琴说：“我帮他牵线，书协和佛协都有希望。实在没编制，也可以先干着，慢慢等机会。”

李燕松口气，说：“除此之外，他也干不了其他的，就会务虚。”虽这么说，她流露出来的神情还是以他为傲的。她又叹了口气，说：“我这辈子是没法任性了，我就想让他任性，有时也唠叨几句，实际上看着他任性，我高兴，我喜欢。”

邵琴沏上两杯茶，两人继续聊。邵琴说：“胖女人的生活都是一团糟的，只有状态不好的女人才会发胖。你减减肥吧，只要不傻吃，就能减下来。”

李燕一愣，从来没人跟她说过这种话。

她觉得和邵琴之间又走近了一大步，她说："佩服你，邵琴，诗情画意地，风花雪月地，钱就来找你了。"

邵琴摇头，沉吟半天才说："李燕，你不觉得，你把自己变得如此俗不可耐，才是比我更难的修行？"

这句话像是用铙钹鼓板击打出来的，精光四射地来到李燕面前，又一下子照到了她心里去。什么都不用再说了，足矣。她觉得自己变得很柔软很松弛，像是，化掉了。她任由自己向四面八方流着，淌着。

茶是明前的安吉白，入了水，修长的茶条渐渐舒展开来，如纯度极高的翠玉。邵琴赏着茶色，说："女人也像明前茶，好日子不长。你看这茶，如果精心保鲜，小心呵护着，倒能喝到来年呢。"

李燕摸着自己额头上的深纹，她是个肉墩子胖女人，没时间也怕麻烦，从来不做面膜，也从来不运动。等到夜深离开时，她觉得她和邵琴，分明已相识好几世，又似连体而生，浑然一体。

李燕密访邵琴后，不再宣传自己是易胖体质，而是严格控制晚餐，她也不再痴迷民国清宫爱情大戏，晚饭后收拾好碗筷就急匆匆出去。很快，陈江流在妻子身上发现了异样，她回来时身轻如燕，脸色红润，眼睛往外放着光。他从未怀疑过李燕的忠贞，他只是好奇，到底发生了什么事。

留州大学有个灯光广场，每当夜幕降临，这里就聚集起热爱锻炼、渴望长寿的人。花睡衣，拖鞋，饱嗝，夜晚的广场透着粗俗温馨、蓬头垢面的欢乐。

广场上有一个角落，人数不多，却也自成一家。在散漫鄙俗的整体氛围中，唯独这个角落需要挺胸抬头和拔地而起，需要迥异于红尘烟火的雅致、讲究和飘扬。这小小的角落里，挥发出浓烈的艺术气味。

她很正式地穿着高跟鞋和连衣裙，下巴高昂，舞姿灵动，跳得竟是高难度的探戈。

如此李燕，熟悉又陌生。他想起了很多事，一往深处想就难受起来。那时，她在职校文艺晚会上表演独舞，曾赢得多少男青年热切的目光。那几年，他一直叫她燕儿，燕儿。

不知从何时起，她弧度柔和、娇嫩欲滴的脸，变成了一张硬朗的方脸，一张俗气而能干的脸。

她多么传统，她的舞伴是个娇小的女子。他的血涌到胸口，他想，死也要死在她的前头。

死也要死在她的前头。一应后事她势必安排得妥妥帖帖，都无须操心牵挂了。

夜深了，人们渐渐散去，李燕带着满足的微笑离开广场。他望着她的背影，心想，她们各得其所，剩下一个他，他该怎么办呢？

蓦地，陈江流有些怀疑自己了。到底还画不画呢？

总策划/出版人：
胡洪侠
策划编辑：
郭洪义
特约编辑：
汪小玲
责任编辑：
吴萌
校对：
杨杰 崔华林 叶怨秋
装帧设计：
周舒婷
插画：
李伟

图书在版编目（CIP）数据

普通生活 / 蔡东著. -- 深圳：深圳报业集团出版社，2022.11
（深圳文典）
ISBN 978-7-80774-031-5

Ⅰ.①普… Ⅱ.①蔡… Ⅲ.①短篇小说－小说集－中国－当代 Ⅳ.①I247.7

中国版本图书馆CIP数据核字(2022)第000663号

普通生活
Putong Shenghuo
蔡东 / 著

深圳报业集团出版社出版发行
（深圳市福田区商报路2号 518034）
中华商务联合印刷（广东）有限公司印制
新华书店经销

开本：889mm × 1230mm 1/32
字数：150千字
版次：2022年11月第1版 2022年11月第1次印刷
印张：7.75
ISBN 978-7-80774-031-5
定价：58.00元